TITAN +

Collection dirigée par
Marie-Josée Lacharité

Du même auteur

Jeunesse

SÉRIE MARIE-ANNE
Effrayons les monstres!, Montréal, Québec Amérique, 2008.
Tu me feras pas peur!, Montréal, Québec Amérique, 2008.

Les Catacombes du stade olympique, Montréal, Trécarré, 2007.
Le Cri du chaman, Montréal, Trécarré, 2007.
Les Démons de la grande bibliothèque, Montréal, Trécarré, 2006.
Le Peuple des pofondeurs, Montréal, Trécarré, 2006.

Amour
et
JULES

Catalogage avant publication de Bibliothèque et Archives nationales
du Québec et Bibliothèque et Archives Canada

Champagne, Claude
Amour et Jules
(Titan + ; 86)
Pour les jeunes.
ISBN 978-2-7644-0710-3
I. Titre. II. Collection : Titan + ; 86.
PS8555.H355A76 2009   jC843'.54   C2009-941370-1
PS9555.H355A76 2009

Conseil des Arts   Canada Council
du Canada   for the Arts

SODEC
Québec ::

Nous reconnaissons l'aide financière du gouvernement du Canada
par l'entremise du Programme d'aide au développement de l'industrie
de l'édition (PADIÉ) pour nos activités d'édition.

Gouvernement du Québec – Programme de crédit d'impôt pour
l'édition de livres – Gestion SODEC.

Les Éditions Québec Amérique bénéficient du programme de subvention
globale du Conseil des Arts du Canada. Elles tiennent également à
remercier la SODEC pour son appui financier.

Québec Amérique
329, rue de la Commune Ouest, 3ᵉ étage
Montréal (Québec) H2Y 2E1
Téléphone : 514 499-3000, télécopieur : 514 499-3010

Dépôt légal : 3ᵉ trimestre 2009
Bibliothèque nationale du Québec
Bibliothèque nationale du Canada

Révision linguistique : Diane-Monique Daviau et Alexie Morin
Mise en pages : Andréa Joseph [pagexpress@videotron.ca]
Conception graphique : Renaud Leclerc Latulippe

Imprimé au Canada

Amour et JULES

CLAUDE CHAMPAGNE

QUÉBEC AMÉRIQUE jeunesse

Je suis pauvre, je n'ai plus que mes rêves.
Je les ai déroulés sous tes pieds.
Marche doucement, car tu marches sur mes rêves.

William Butler Yeats

À ma fille, Camille.

Bang!

C'était le soir de son vingtième anniversaire.

J'étais son Jules.

Elle était mon Amour.

BANG!

Continue...

Je grimpe l'escalier intérieur. Une sirène d'ambulance résonne dans ma tête. J'essaie de la chasser de mes souvenirs. Encore trois étages à monter. Je gravis les marches quatre à quatre. Avant que j'aie atteint le troisième pallier, mes jambes commencent à vaciller et mes poumons crachent déjà du feu. Il n'y a pas de rampe à laquelle je pourrais m'agripper. Elle est tombée la semaine dernière, je crois. L'immeuble repose sur de la terre glaise. Il s'enfonce centimètre par centimètre chaque année. Les murs se lézardent à plusieurs endroits. La structure de l'édifice se fragilise. Comme moi. Je me retiens de basculer. Le hurlement de la sirène se répercute dans ma boîte crânienne, telle une bille d'acier dans une machine à boules. Je réussis à maintenir mon équilibre en saisissant à deux mains le bouquet de marguerites fraîchement cueillies dans le parterre du voisin. Pour elle, pour ses vingt ans qu'elle n'aura plus.

Je pousse la porte de mon appartement. Elle n'était pas fermée à clé. Il n'y a pas d'objets de valeur, sauf à mes yeux. Quelques toiles sur des chevalets grimacent dans le salon, qui me sert aussi de chambre. Des meubles de l'Armée du Salut choisis avec goût composent le reste du décor. Une magnifique table en formica rouge avec de minuscules étoiles argentées trône dans ma cuisine. Il s'agit de la seule autre pièce. Des chaises recouvertes de similicuir, siège rouge et dossier blanc, complètent l'ensemble aux pattes chromées.

Au centre du salon, sur mon futon, Sophie, ma grande poète devant l'Éternel, celle que j'ai toujours surnommée Amour, est là, couchée, les yeux fermés. J'arrache un à un les pétales des marguerites, comme on s'arrache les cheveux. Je t'aime, un peu, beaucoup, passionnément, à la folie. Un restant de terre tombe des racines et se répand à mes pieds. Je dépose les morceaux de fleurs tout autour d'elle. Ensuite, je m'assois par terre avec une tablette à dessin et des fusains. Je griffonne en silence en la regardant. Elle est toujours aussi belle.

Qu'est-ce qu'elle a bien pu me trouver? Je suis un gars au physique banal, pas sportif pour deux sous. Des cheveux brun foncé, ordinaires, comme tout le monde, ébouriffés en permanence, mais un beau nez droit, me disait-elle tout le temps. Ce sont mes yeux bleu-vert qu'elle préférait. Selon son esprit poétique, des yeux avec plus d'une couleur étaient forcément ceux d'un peintre. J'ai toujours eu de la difficulté à le prendre comme un compliment. Sophie ne m'aimait que pour mes yeux…

Un drap jauni couvre à peine son corps, laissant deviner sa chute de reins. Ses longs cheveux roux cachent presque tout son visage et descendent en cascade sur ses épaules nues. Elle prend toute la place dans mon lit, comme une étoile de mer échouée. Encore vivante.

Mon esprit me joue des tours.

Je sais que c'est impossible. Sophie est morte, tout à l'heure, à l'hôpital. Pourtant, elle est là, dans mon lit, simplement endormie. Je vois son ventre se soulever à chacune de ses inspirations. Son corps ne peut être là. C'est fou. À moins que ce ne soit son âme…

Je ferme les yeux.

Retour en arrière.

Des images du début de la soirée se jettent sur moi.

Après le souper au restaurant, pour célébrer son anniversaire, nous marchons dans les rues du centre-ville. Sophie n'en est qu'au huitième mois de sa grossesse et soudain de fortes contractions l'assaillent. Nous avons à peine l'âge d'être des adultes. J'ai peur. Pour le bébé, pour elle. Et si je veux être bien franc, je crains surtout pour moi. J'imagine le pire… Elle semble tellement souffrir. Elle crie et crie, elle a si mal. Tous les passants nous regardent. Elle tente néanmoins de me rassurer entre deux assauts de douleurs.

J'ouvre les yeux.

Maintenant assise dans mon lit, à moitié nue, Amour me murmure : « Continue… »

Sa voix me paraît si réelle, sans parler de la beauté de son corps.

Je me lève pour m'approcher d'elle. Je passe devant la porte ouverte de la salle de bains et quelque chose attire mon regard dans le miroir au-dessus du lavabo. Sur le seuil de la porte, je vois mon reflet dans la glace. Soudain, une ombre se profile derrière moi. Je me retourne rapidement pour apercevoir une vieille femme penchée au-dessus de Sophie. Elle est vêtue d'une longue robe noire, chaussée de chics escarpins, et elle porte un fume-cigarette à sa bouche.

— La Mort, on ne sait jamais quand elle arrive, déclare-t-elle avec un sourire narquois. J'aime tellement dire cette phrase-là lorsque je fais mon entrée !

— Non… je vous en prie…

Le souvenir de ce qui est arrivé à Sophie revient me hanter. Je revois l'ambulancier s'affairer autour d'elle alors que nous fonçons à vive allure vers l'hôpital le plus proche.

— L'ambulance roule, roule, roule tout l'asphalte autour, elle t'enroule, t'enserre, t'étouffe comme un boa, débite la mystérieuse dame en noir d'un ton fébrile.

Je recule devant cette apparition. J'ai peur, je ne sais pas où me cacher. On dirait qu'elle est partout autour de moi !

— Non, Jules ! s'écrie alors Amour.

— Tu manques d'air ! Tu manques d'air ! Tu n'es plus capable de respirer.

— NON ! hurlé-je.

— La sirène déclame au maximum. Elle te crie la mort dans les oreilles, elle chante une oraison funèbre. Tu souffres. Tu souffres ! Toi aussi, tu veux mourir. Je suis le fantôme de l'avenir qui t'attend si tu restes en vie.

— NOOOOOOON !

Je veux fuir cette horrible femme. Je ne sais pas comment. Je me recroqueville, je me cache la tête entre mes bras.

Quand je jette enfin un œil, la vieille femme a disparu.

J'ai peur de perdre la raison.

— Je vais t'aider à passer au travers, me susurre ma belle aux cheveux roux. Avant de partir, je veux que tu te rappelles de moi, de nous. Commence par le début…

Suivant son conseil, je plonge sans maillot dans la mer de nos souvenirs. J'espère seulement que je saurai comment remonter à la surface sans elle.

French kiss
à la gomme balloune

Nous nous sommes rencontrés à l'âge de douze ans. Âge naïf... Celui des premiers *french kiss* à la gomme balloune rangée dans la joue. Nos langues tournaient sept fois dans la bouche et nous recommençions jusqu'à manquer d'air.

La première fois, c'était à la fête d'une camarade de classe, Marie Gagné. Notre tout premier party. La pièce baignait dans la pénombre. Pour ajouter à l'ambiance, des gars avaient subtilisé des ampoules de couleur à la quincaillerie. La musique des groupes à la mode résonnait. Des filles timides en regardaient d'autres effectuer quelques pas de danse. Attroupés autour des bols de chips, des garçons feignaient l'indifférence en reluquant leurs compagnes du coin de l'œil.

Toute la semaine avait d'ailleurs été consacrée à divers préparatifs en vue de cette soirée. Je ne me rappelle plus pourquoi, ni même qui avait eu cette idée terrifiante, mais il avait été décrété que nous devions venir accompagnés. Les célibataires ne seraient pas admis. Cela avait provoqué une espèce d'hystérie collective ! Cette condition allait marquer un tournant dans nos jeunes vies. Nous nous retrouvions tous confrontés à une notion qui nous était jusqu'alors inconnue : le désir.

Jusque-là, nous ne nous étions que peu souciés de l'image que nos camarades se faisaient de nous. Il suffit de regarder mes anciennes photos de classe pour s'en convaincre : les cheveux gras ou pleins de pellicules, séparés en zigzag sur le côté. Nous avions plutôt des catégories pratiques pour classer les gens : les gros, les grands, les petits, ceux qui portaient des lunettes. Cette classification avait surtout son utilité au moment de choisir la composition des équipes de ballon chasseur. Les adultes, quant à eux, appartenaient à un ensemble fourre-tout : les vieux.

Durant les jours précédant la fête chez Marie, des petits groupes de filles s'étaient formés dans la cour d'école pendant les récréations. Rares étaient celles qui jouaient au ballon avec les gars. Nous étions habitués à les voir papoter, assises en cercle près des clôtures, et nous n'y prêtions pas beaucoup attention. Sauf que là… nous devinions leur sujet de discussion. Elles nous observaient. Nous.

Les parties de ballon chasseur étaient alors devenues chaotiques. Il n'y avait plus de place pour la stratégie ou l'effort collectif. Le but n'était plus de gagner mais d'impressionner les filles. Nous ne formions plus deux équipes qui s'affrontaient, mais des individus qui compétitionnaient entre eux. Des paons qui jouaient au ballon. Certains se fendaient en quatre pour effectuer de spectaculaires attrapés, d'autres inventaient des mouvements de danse étranges quand un de leurs puissants tirs touchait un adversaire… Bref, notre sport national foutait le camp.

Les garçons n'étaient cependant pas les seuls à participer à cette parade nuptiale. Certaines filles avaient imaginé un truc pour attirer le regard des chasseurs de ballon… Sophie figurait parmi celles qui ne craignaient pas de jouer avec nous. Dernièrement, plusieurs gars avaient remarqué un changement dans sa silhouette : de nouvelles formes se dessinaient sous son t-shirt. Aucun ne parvenait à élucider le mystère de cette soudaine poussée de croissance de son anatomie féminine. On avait observé le même phénomène chez d'autres filles. Que leur était-il arrivé ? Étaient-elles en train de devenir des femmes, sous nos yeux ou presque, aussi subitement ?

Il nous avait néanmoins fallu peu de temps pour découvrir le pot aux roses…

Seule de son espèce au centre du carré de jeu, Sophie avait été atteinte en pleine poitrine par un ballon. Elle avait bien tenté de le maîtriser en se contorsionnant de façon assez acrobatique, mais peine perdue. Le ballon lui avait finalement échappé en roulant sur ses jambes. Quand elle s'était relevée, les gars avaient remarqué une étrange bosse au-dessus de son sein gauche. Ce dernier semblait d'ailleurs plus timide que les jours précédents, dévoilant à peine sa présence… Elle constata que tous les regards étaient braqués sur elle. Le visage tout rouge, celle qui deviendrait l'amour de ma vie retira un petit paquet de mouchoirs de sous son t-shirt.

Puis un autre. Elle avait le visage défait, tel un magicien sortant un lapin mort de son chapeau.

Elle avait quitté la surface de jeu en refoulant ses larmes. Les rires et les moqueries n'avaient pas tardé à fuser de toute part. Un rigolo avait même lancé : « Mange du gruau, ça fait pousser les boules ! » Je semblais le seul sensible à sa détresse. J'eus tôt fait de la rejoindre, non sans que les gars m'aient demandé où j'allais. Je les avais fusillés du regard. Deux bazookas brillaient au fond de mes yeux. Mais ce n'était rien comparé à ceux de Sophie. La honte avait fait place à la furie. Elle était assise par terre, près de la porte d'entrée de l'école.

— Qu'est-ce que tu me veux ? avait-elle mitraillé en me voyant arriver.

Je ne savais pas quoi répondre.

— Reste pas planté là !

Je l'avais regardée essuyer ses larmes avec le revers de sa manche. J'avais eu envie de la prendre dans mes bras, de la consoler. Comme dans les films, elle se serait alors réfugiée au creux de mon épaule, ses sanglots auraient cessé peu à peu. Ses yeux auraient ensuite croisé les miens, pleins d'une lueur reconnaissante. Je me serais senti fort.

— C'est quoi ton *trip*? s'était-elle écriée. Tu me prends en pitié, c'est ça?

La tête encore dans le mauvais scénario que je m'étais fabriqué, je n'étais pas préparé à sa réaction. J'avais bredouillé la première chose qui m'était venue en tête. Probablement la réplique la plus stupide de toute l'histoire du cinéma.

— Est-ce que… est-ce que tu voudrais venir?

Des accents circonflexes s'étaient dessinés au-dessus de ses yeux étonnés.

— Avec moi, je veux dire, avais-je ajouté, comme si c'était plus clair.

Ses sourcils s'étaient brusquement froncés.

— Tu veux que j'aille avec toi au party?

J'avais nerveusement hoché la tête en guise de réponse.

— Toi, tu me prends vraiment pour un petit chien qui fait pitié dans la vitrine d'une animalerie.

— Je dirais plutôt un chien enragé, si tu veux mon avis.

C'était sorti tout seul, sans y penser. Je fermai les paupières, regrettant affreusement mes dernières paroles. Mais lorsque je les avais rouvertes, j'avais remarqué l'esquisse d'un sourire sur les lèvres de Sophie. Sans savoir si c'était bon signe ou pas, je lui avais rendu son sourire, un peu gêné. Elle avait secoué la tête en haussant les épaules. Puis la cloche annonçant la fin de la récréation avait retenti. Sophie s'était éloignée et était allée rejoindre les autres de sa classe, dans les rangs, devant la porte de l'école. J'étais resté figé sur place à la regarder. Le mot se passait déjà dans les rangs. « Oh, les amoureux… » Des copines murmuraient et retenaient des fous rires. Et Sophie faisait tout son possible pour ne pas que les autres la voient me rendre mon regard.

Je remonte un instant à la surface de nos souvenirs.

À ce moment, dans notre appartement, Amour se lève et va mettre de la musique. Une vieille chanson des Beatles joue à la radio. « *Michelle, ma belle, sont des mots qui vont très bien ensemble, très bien ensemble.* » Elle me fait signe d'approcher.

— Viens…

Jamais mouvement de doigt n'a été aussi suggestif et langoureux. Je m'avance vers elle, envoûté. Ma peau obéit au moindre de ses commandements.

Nos âmes dansent. Collées.

Un étrange phénomène se produit alors. Par je ne sais quelle magie, nous sommes propulsés près de dix ans plus tôt, à la fête de Marie Gagné. Je me sens comme un dormeur conscient de rêver. Dans ma tête, j'ai toujours vingt ans, mais Sophie et moi avons physiquement l'air d'en avoir douze.

Quelqu'un venait de mettre un slow. La voix mal assurée, des gars invitaient des filles à danser. Les autres restaient dans leur coin, partagés entre la peur du refus et la crainte de ne pas être choisies.

Ce soir-là, Sophie s'est présentée au party sans artifice sous son chandail blanc moulant. Elle portait un jeans neuf, probablement acheté pour l'occasion. J'avais l'impression d'être un crapaud devant une princesse avec mes vieilles espadrilles et mon jeans troué. Durant toute cette fête, j'ai été un volcan au bord de l'éruption. Il faisait chaud dans ce sous-sol sombre.

— Très chaud. Humide même… me susurre Amour en m'enlaçant comme si nous y
étions.

C'était peut-être la dixième fois de la
soirée que nous dansions ensemble. À chacune des occasions, nous en profitions pour
nous rapprocher un peu plus. J'apprenais à
respirer son odeur, le nez blotti dans son cou.
Puis, je me suis risqué à l'embrasser, furtive-
ment, près d'une épaule, goûtant sa sueur. Je
sentais l'odeur de ses aisselles et… étrangement, j'aimais ça. Je ne savais pas encore ce
que c'était, mais aimer l'odeur de quelqu'un,
l'odeur de partout, ça ne m'était jamais
arrivé.

— Les « célibataires » nous regardaient
danser du coin de l'œil. Nous étions seuls au
monde sous la boule miroir, me chuchote-
t-elle. Pour eux, c'était ça, l'amour : l'éternel,
le romantique. Il ne t'aurait plus fallu qu'un
cheval blanc pour que les filles me confec-
tionnent sur-le-champ une robe de mariée.

— Je crois que si on avait arrêté la
musique, on aurait pu les entendre soupirer à
l'unisson, ajouté-je en riant.

— Je sentais ton corps tendu contre
le mien, j'en devinais des parties plus rigides
contre ma cuisse… Je découvrais des

titillations espiègles et leurs promesses de plaisirs.

Nous avons dansé, collés, toute la soirée. Les chansons nous importaient peu. Pour nous, la musique n'avait qu'une seule et très lente vitesse.

— Notre idylle a duré une semaine. Mais sept jours, à onze ans…

— Presque douze ! corrige-t-elle aussitôt, coquine.

— Sept jours, c'est tout le temps nécessaire pour construire et défaire un monde.

Le charme se rompt.

Je vais m'asseoir à la table de cuisine. Je n'ai pas tellement envie de songer à ce qui est arrivé par la suite. Sophie vient me rejoindre. Ses yeux me fixent un moment, puis elle secoue la tête. J'ai l'impression qu'elle comprend où mes pensées m'ont mené… Sans dire un mot, ses bras retrouvent les miens. Son étreinte me dit qu'elle ne souhaite pas plus que moi revivre ce moment.

— Je m'en suis voulu de t'avoir laissée tomber, dis-je.

— Voyons, on avait seulement douze ans, Jules. Ça ne pouvait pas durer. On s'est chacun laissé tomber.

— Mais si j'étais resté avec toi...

— Tu crois que ce ne serait pas arrivé ?

— C'est ma faute !

— Non, c'est celle de ce gars-là... Pas la tienne, ni la mienne.

Un mois après le fameux party, après notre partie de baseball, mes amis et moi revenions à la maison en empruntant les petites rues mal éclairées. Il était assez tard lorsque nous avons croisé une bande de gars un peu plus vieux que nous. C'était des anciens de notre école primaire, maintenant au secondaire. Devant un énorme bosquet, ils étaient en train de flirter avec Sophie.

— Après le plaisir de nos premiers *french kiss*, j'éprouvais le désir d'en savoir plus. J'avais envie de m'aventurer un peu plus loin. Je pensais que c'était ça, l'amour... dit-elle avec des regrets dans la voix.

Cela faisait d'ailleurs quelques jours que Sophie tournait autour du beau grand John.

— Je m'étais faite aussi aguichante que mes nouveaux douze ans me le permettaient.

— John s'est approché de toi. Il t'a empoignée par la taille… Il te pressait contre lui.

— Et il m'a flanqué un baiser mouillé au goût de cigarette Export A, souffle-t-elle.

J'encaissais. Les autres gars de sa bande chahutaient et encourageaient John.

— La rumeur courait qu'il l'avait déjà « fait », plusieurs fois même, avec différentes filles, ajoute-t-elle.

Pour parer le coup, je choisis le seul bouclier à ma disposition : l'ironie.

— Vantardise de jeune mâle en quête d'identité…

— John passait pour un dur, un rebelle, et les histoires qui l'entouraient m'intriguaient.

— Tu croyais que c'était ça, un gars…

C'est le moment que choisit la vieille femme en noir pour resurgir dans notre histoire. Celle que les légendes romaines appellent la Morta, l'une des trois Parques chargées de couper d'un coup de ciseau le fil de la vie humaine, s'avance entre Sophie et moi en prenant les traits du fameux John.

— Viens avec moi… siffle l'être surnaturel avant de d'entraîner Sophie avec lui
dans le bosquet, de la même manière que
John l'avait fait.

C'est si réel. J'ai vraiment l'impression
de me retrouver là, comme il y a des années.
Je sens presque le vent dans mes cheveux et
l'odeur des feuilles du bosquet qu'il transporte.
Les battements de mon cœur s'accélèrent.
Notre appartement n'existe plus. Il n'y a que
ce bosquet et mon Amour qui a disparu à
l'intérieur avec John.

J'aurais voulu intervenir, mais nous étions
quatre et ils étaient huit à nous surveiller,
tels des fiers-à-bras, des barbares montant la
garde devant la tente de leur chef. Nous
étions tous plantés sur le trottoir à écouter
malgré nous ce qui se tramait derrière
l'épaisse végétation. On a entendu gémir.
John allait fouiller l'intimité de Sophie…
À cet instant, j'ai regretté n'avoir qu'un gant
de baseball et pas de bâton. Je ne sais pas
combien de temps cela a duré. Les minutes
s'agglutinaient les unes aux autres. Enfin,
John est sorti du bosquet, le majeur dans les
airs en signe de victoire.

— Hey, guys! Smell my finger! Smell it!
It smells like love…

Il était fier. Cette fois, il avait une preuve. La bande est partie en riant. Ils avaient maintenant un vrai chef. Mes amis, ne sachant pas comment réagir, se sont regardés avant de s'en aller à leur tour.

John, ses amis et toute cette scène disparaissent. Les murs reprennent leur place. Mon appartement redevient peu à peu la réalité. *Ma* réalité.

— Il n'y a que toi qui est resté, me dit Sophie en m'apparaissant.

Je me souviens des larmes de fureur qui ont alors coulé en silence, lui creusant ses premières rides.

— Je ne savais pas quoi faire, avoué-je, impuissant.

— Je n'osais pas te regarder. J'étais troublée, honteuse. Je ne voulais regarder personne ni rien autour, ni moi non plus. Qu'est-ce que j'avais fait ?...

— J'aurais voulu trouver les mots, ce soir-là. Mais tous les Band-Aid de mon vocabulaire n'auraient probablement pas suffi. Tu te rappelles... Après deux ou trois éternités, je me suis approché. Tu ne me regardais toujours pas. Je t'ai serrée dans mes bras. Je ne savais pas si ça me faisait plus de bien à moi qu'à toi.

— Oui… Et après une minute, je me suis mise à frapper de toutes mes forces sur ton cœur : « Pourquoi tu ne me l'as pas dit ? Pourquoi tu ne me l'as pas dit ? Pourquoi tu ne me l'as pas dit ? » Je rageais… et toi, tu ne savais pas de quoi je parlais. J'ai fini par te le confesser, dans un mince filet de voix : « Je pensais que c'était ça, l'amour… »

— J'ai pleuré, tu sais. Je le jure. Même si aucune larme n'est venue mouiller mon visage.

— Je te crois… me dit Sophie.

— Et aujourd'hui… je pense que je pleure encore.

Le quotidien

Je me réveille en sursaut. Je suis allongé sur mon futon, encore dans les brumes du sommeil, quand des cliquetis dans l'escalier attirent mon attention. Je lutte pour ouvrir les paupières. Étrangement, je constate que la porte de mon appartement a été recouverte d'une sorte de drapé de soie blanche, comme ceux qui tapissent les cercueils. Rêvé-je encore ? Dès que la porte s'entrouvre, une nappe de brouillard envahit mon salon. Mon minuscule appartement prend, durant quelques secondes, des allures de maison hantée de parc d'attractions, puis le nuage se dissipe, dévoilant un personnage sorti tout droit d'un cauchemar. Vêtue d'une longue robe de mariée noire, une vieille femme avance vers moi. Son visage est maquillé, plutôt barbouillé, de plusieurs couleurs. Cela a pour effet d'accentuer exagérément ses traits, rendant son expression presque comique. Derrière elle, cousus à sa robe, des dizaines de réveille-matin s'entrechoquent en glissant sur le plancher.

— Six heures. Six heures après minuit, six, six, six ! Six heures. Le réveil sonne, il sonne, il te sonne avec un criiiiiiiii ! Un cri. Un cri strident, striiiiiiident qui fait grincer tes dents. Tes yeux se déroulent jusqu'en haut comme des stores. *Bing, blank, blind* ! La lumière vive du soleil t'envoie une combinaison gauche droite sur les rétines. Pour toute riposte, tes paupières ballerines font des battements en couple avec tes cils. Ils cabriolent, font des chassés-croisés avec ta vision, contretemps, hé, ho ! grand écart ! Allez ! Fouetté ! Pas de deux, trois-quatre, six !

Je me lève tant bien que mal, essayant de survivre au début d'une nouvelle journée. Sans elle. Mais je ne sais pas si j'y arriverai. Le moindre pas en avant me demande un effort considérable. Je m'enfarge dans mes émotions.

— Allez, debout ! Debout. De bout en bout, le boute de toute. Deboute !

Je me dirige vers la salle de bains, comme tous les matins au réveil, tandis que la Mort ne cesse de me harceler, de me crier dans les oreilles. J'essaie de l'ignorer. Mais c'est au-dessus de mes forces.

— Oui, monsieur, *yes sir*, aux toilettes. À la guerre comme à la guerre, ici même les lâches font des efforts. Pas le temps de faire chier. *Checke* tes bobettes à l'envers, mon Dagobert qui dégobille vert : le jaune en avant, le brun en arrière ! C'est fait. Essuie bien le tour du bol, sinon le poil colle trop facilement. Et surtout, ça ne fait pas propre.

Je reste planté devant la cuvette, perdu dans mes pensées.

— Juuules ! Juuuules ! Juuuuuules ! Maman t'appelle… L'entends-tu crier dans tes oreilles chaque fois que tu es inquiet ? Tu écoutes… Juuuuuuuuules ! Tu es bien mieux de faire ça comme il faut : essuie le tour du bol.

Il faudrait que je change le rouleau de papier hygiénique. Les petits détails du quotidien me semblent soudain des obstacles insurmontables. C'est idiot, que je me dis.

Qui pense à faire des provisions de papier quand l'amour de sa vie vient de le quitter ?

— Malheur ! Ah misère, ah malheur ! Il ne reste plus de papier cul ! Cherche, cherche. Secoue-la un peu avant au moins. Bon jusqu'à la dernière goutte. Il faut que tu trouves du papier cul ! Il n'en reste plus. Plus dans les armoires, plus sous l'évier, plus un bout propre dans la poubelle, il n'en reste plus, plus nulle part. Angoisse. Angoisse, mon Jules. Tu ne pourras pas chier aujourd'hui. Il va falloir que tu gardes tout ça en dedans, comme d'habitude, comme d'habitude. Le journal a beau être un torchon, tu ne veux pas te torcher avec. Tu gardes ta dignité de civilisé. Tu aimes mieux être un constipé. Parfait, si c'est ta façon à toi de t'identifier, de te sentir moins seul…

Amour me regarde subir les assauts de la vieille femme en noir, complètement déboussolée. Elle ne me reconnaît plus.

— Jules… Je suis là. Jules, écoute-moi !

— Amour… J'aimerais tellement pouvoir me coller encore auprès de toi !

— Erreur ! clame la Mort, soudain habillée d'un complet gris trois-pièces. Erreur, mon cher pas cher qui ne vaut rien. Quel temps fait-il ? Allons voir… Là, regarde-toi dans le miroir. La fenêtre sale de ton intérieur me dit que le temps n'est pas propre, aujourd'hui. On n'annonce rien de beau pour les prochains jours non plus. Crois-moi, il va pleuvoir des sacs à ordures pendant des semaines. N'est-ce pas des prévisions magnifiques ?

Il faudrait que je m'habille en éboueur et que j'aille à l'intérieur de moi pour nettoyer tout ça.

Même si je le voulais, je ne pourrais pas. C'est au-dessus de mes forces. Je retourne m'allonger sur le futon, arrivant à peine à respirer. Amour me manque tellement.

— Pense à nos déjeuners d'amoureux, à la confiture que je léchais sur tes lèvres, me murmure-t-elle langoureusement.

Je m'assois sur le bord du futon. Il faudrait que je mange, mais la vieille folle crie trop fort. Elle me met l'estomac à l'envers à force de hurler dans ma tête. Je me force tout de même à ouvrir la bouche pour avaler mon déjeuner.

— Manger ? Quelle drôle d'idée ! redouble d'ardeur la Parque, prenant cette fois l'aspect d'une reine du foyer des années cinquante, un tablier autour de la taille. Voyons, tu n'as même pas faim !

La Mort me nargue à chaque bouchée.

— Hum… Des céréales, des bonnes céréales avec plein de fibres, de vitamines. Du jus d'orange fraîchement pressé en plein sur place en Floride, *the Sunshine State* direct dans ton verre, plein de vitamine C pour ta mine dé… gueulasse. Ha! Ha! Ha! C'est le guide alimentaire qui te recommande de t'alimenter? Il ne faut pas croire tout ce qu'on lit…

Elle me coupe l'appétit. Il faut que j'avale au moins quelque chose. Je vais me faire un café.

— Du café? Vraiment? Moulu, pas moulu, instantané, instant tanné, tanné… Pauvre chou… Prends-tu un sucre, deux sucres, trois sucres? Du lait? Du lait 3.25%, 2%, 1%, écrémé, du lait de soya? Ah non! Il ne reste plus de lait. Du café noir comme un miroir. Miroir, miroir, dis-moi qui est le plus noir? Ses cheveux dépeignés, ses yeux vitreux, ses dents pas lavées ou ses idées pas rasées?

Je suis complètement sonné. Je ne cesse de penser aux événements de la veille. C'était son anniversaire et Amour n'est plus… Je me retrouve maintenant seul à affronter le quotidien. Tout me paraît une montagne.

Simplement sortir du lit m'a semblé un exploit digne de l'ascension du mont Everest. Une seule pensée revient me hanter sans cesse depuis que j'ai ouvert les yeux ce matin : à quoi bon ?

Dans la cuisine, le miroir au-dessus de l'évier me renvoie un visage que je ne reconnais plus. Même en fermant les yeux, je n'arrive pas à échapper à mon reflet. Voilà ce que je suis devenu : un pâle reflet de moi-même. Où est le jeune homme plein de vie, d'espoirs et de rêves ?

— Rappelle-toi. On s'embrassait jusqu'à manquer d'air, me souffle alors ma belle.

C'est vrai… Déjà, à quatorze ans, nous faisions des concours. Sophie chronométrait nos baisers. Nous étions semblables à ces plongeurs rêvant de profondeurs sans bonbonne d'oxygène, à toujours vouloir aller plus loin, plus longtemps. Nous étions des athlètes du *french kiss*. Chaque jour, nous n'avions qu'une idée : briser le record de la veille. Amour adorait quand nous nous entraînions sur des bancs de parc, comme dans la chanson de Brassens, *Les amoureux des bancs publics*. Son grand plaisir était de voir la tête des passants quand nous étions tout près d'un nouveau record mondial. Nos lèvres étaient soudées l'un à l'autre, nos joues gonflées, notre visage tout rouge, au bord de l'asphyxie !

Je repense à tout cela, assis dans la cuisine. Ces souvenirs ont réussi à me donner un semblant de sourire. Peut-être passerai-je finalement à travers cette première journée. Mais c'est sans compter la Morta qui ne désire que m'attirer dans ses filets…

— Mais, heille, heille, heille ! La vaisselle ! La montagne de vaisselle. Si la montagne ne vient pas à toi, va à la montagne. Les neiges éternelles, la mousse, le moisi. Le sage en haut de la montagne va pourrir et te dégringoler dessus avec sa sagesse de crasse, le vieux crasse. Lave, lave, lave, purifie-toi, ton âme trempe dedans.

Tout à coup, Sophie s'interpose entre la Mort et moi. Elle n'a rien perdu de son esprit de battante. Les mains sur les hanches, sans un mot, elle défie la vieille femme du regard. Sophie s'avance vers moi. Étonnamment, la Mort s'écarte sur son passage. L'amour est-il vraiment plus fort que tout ?

— Jules, regarde-moi. Reviens, me dit ma belle rousse. Oublie cette folle. Pense à notre histoire. Écris, tiens. Écris-moi… des mots qui ne meurent pas.

Je ne suis pas poète comme mon Amour. Entre mes mains pleines de peinture, les mots prennent parfois de drôles de couleurs. Et puis je n'ai pas son courage. Je n'ai pas l'âme au bel ouvrage. Je me sens comme un essuie-tout couvert de poussière oublié entre la cuisinière et le réfrigérateur. Et la dame en noir le sait trop bien.

— Faut que tu te décrasses, que tu te défrises, que tu te démortifises. Viens, viens, on va te laver les dents. Ouvre la bouche grand, encore plus grand, dis : ah, ah oui, ah non, ha ! ha ! ha ! Aaaaaaaah, ayoye ! Parle. Parle. Dis que ça fait mal, dis-le où t'as mal, un docteur du vocabulaire pourrait t'arracher tes mots creux, te mettre du plomb dans la bouche, dans l'aile ou dans la tête.

Amour est déçue par mon attitude, découragée, je dirais même. Ça ne l'empêche néanmoins pas de continuer à se battre pour moi. Face à la Morta, nous ressemblons un peu à un duo de lutteurs, se relayant quand l'un des deux se retrouve en mauvaise posture. Le problème, c'est que je ne l'aide pas beaucoup. Sophie se plante devant moi et me secoue les épaules.

— Je ne te reconnais plus, Jules… Parle-moi. Parle-moi !

Je n'ai pas encore eu le courage de téléphoner à qui que ce soit, même pas aux parents de Sophie, ni à aucun ami qui pourrait venir me consoler. Je veux être seul. En fait, je ne sais plus ce que je veux… Une espèce de ritournelle s'infiltre dans ma tête et se répète sans cesse : je ne veux parler à personne. À personne qui tonne. À personne qui résonne. À personne…

— C'est bien, sourit la Parque. De mieux en mieux. J'ai quelques formulaires à te faire remplir, des formalités. J'écris quoi sur l'acte de décès ? Épuisement moral ? Surmenage émotif ? Burn-out spirituel ? Qu'est-ce que tu dirais de : mort par abandon ? Hein ? Ça fera plus chic dans les salons des limbes.

— Non… Non, non, NON ! Je voudrais juste aller me recoucher, dormir toute la journée. Fermer les yeux, au moins un instant, en me disant : ce n'est jamais arrivé. Tout ça n'est qu'une histoire. Regarder sur l'écran géant de mes paupières un film où je joue dedans.

— *The end* ! Ça finit mal, ça finit, c'est tout, renchérit la vieille femme. Fondu au noir, l'héroïne le quitte, il meurt à côté de l'écran. Tiens, signe ici, ajoute-t-elle en me tendant des formulaires.

Si signer ces papiers peut enfin me délivrer…

J'ai si mal.

Je ne souhaite qu'une chose : que ça arrête.

— Donne-moi ce crayon ! tonne Sophie.

— Petite sotte… Tu ne sais pas ce que tu fais. Redonne-moi mon crayon.

— Non, c'est moi qui vais tout te prendre dorénavant, tout ce que je peux, claironne Sophie. Regarde-moi bien, affreuse : je ris ! Et je vais continuer de te rire au nez, même s'il faut que je m'épingle les commissures des lèvres sur les joues !

Un combat s'engage entre elles ! La Morta a beau être vieille comme le monde, elle résiste de belle façon aux attaques de ma dulcinée. Tous les coups sont permis. Je manque de mots pour décrire cette bataille de titans. Deux êtres surnaturels s'affrontent devant mes yeux ébahis.

Amour triomphe, finalement.

Mais je ne suis pas certain que la Mort ne l'ait pas laissée gagner simplement pour faire durer le plaisir…

Je ne sais comment, ni par quelle magie, mais la victoire de ma douce sur la Mort m'a redonné de l'énergie, de l'espoir. Revigoré, je saisis le crayon qu'Amour me tend. Il est comme une baguette magique. Son pouvoir est entre mes mains. J'ai à ma portée la possibilité d'en faire ce que je veux, le bien comme le mal. Le choix n'est pas difficile. Je décide de me servir de ce crayon pour dessiner. Dessiner Sophie.

— Dessine tant que tu veux, siffle la vieille, plutôt tant que tu peux. Fais semblant de l'aimer encore… Que tu le veuilles ou non, un jour ou l'autre, c'est dans mes bras que tu vas finir…

Elle tourne les talons et disparaît.

Je m'assois à la table de cuisine, l'esprit enfin plus léger. À l'endos des formulaires de la Mort, avec son crayon, je dessine la vie toute nue ; belle comme elle l'était, belle comme elle devrait encore l'être.

Après quelques minutes, Amour se penche sur mon œuvre.

— Qu'est-ce que tu dessines, mon coquin ?

— Notre première fois…

La première fois

Attablé dans la cuisine, je plonge dans nos souvenirs d'adolescence avec l'impression de ne pas en être encore tout à fait sorti. J'ai choisi de travailler avec le crayon et des pastels. Mes dessins ressemblent à des esquisses colorées. J'ai envie de leur donner cet aspect non fini, de créer un sentiment de fugacité, un moment éphémère qui cherche malgré tout à s'inscrire dans le temps, dans l'expérience. Ces ébauches de corps appelant à eux la couleur, la chair, criant leur désir d'exister au-delà de la mémoire du papier.

— Tu me dessines plus belle que j'étais.

— C'est comme ça que mes yeux t'ont toujours vue.

Je trace les contours des moments importants, tandis qu'Amour m'observe. Dans cette série de dessins, nous avons seize ans. À cette époque, il nous semblait que tout le monde ne pensait qu'à une chose. Nous vivions dans une sorte de printemps perpétuel où garçons et filles en fleurs allaient de défloraisons en déflorations.

— En quête du grand frisson… me souffle Amour.

Mais nous ne l'avions pas encore « fait ». La pression autour était forte. Même si je soupçonnais, dans toutes ces histoires, bien plus de fabulations qu'autre chose, il fallait le « faire ». C'était comme un passage obligé. Nous n'étions pourtant pas un couple, au sens où les autres l'entendaient. Nous nous connaissions depuis longtemps, nous nous entendions bien. Nous passions beaucoup de temps ensemble, mais nous étions libres, même si nous ne fréquentions personne d'autre. Nos amis ne comprenaient pas notre résistance à nous proclamer un couple officiel. C'est Sophie qui avait été la première à évoquer la « chose ». Les autres le faisaient avec n'importe qui ou presque, comme un truc obligatoire dont ils devaient se débarrasser. Mais pas nous…

— C'était important pour moi qu'on le fasse ensemble. C'était plus rassurant. Au moins, on se connaissait… Mais les gars craignaient les filles sans expérience, plaisante-t-elle.

— Trop compliqué… ajouté-je, complice.

Ses parents partaient pour la fin de semaine, c'était l'occasion rêvée. Je comptais les jours. À force d'y penser, je ne me contenais plus ! Je dois avouer que j'avais un peu hâte d'en parler aux autres, moi aussi.

— Maudits gars… se moque-t-elle en faisant mine de s'offusquer.

Lorsque le jour J est enfin arrivé, Sophie est venue répondre à la porte, un sourire coquin aux lèvres. Elle s'était faite toute belle. En m'approchant pour l'embrasser, j'ai senti une odeur que je ne lui connaissais pas. Elle s'était parfumée. Je n'apprécie pas particulièrement le parfum, mais ce que je humais, c'était l'intention derrière. Je devinais ses gestes. Je l'imaginais s'asperger ici et là, nue devant le miroir, en pensant à ce qui nous attendait. Elle me laissa entrer et je la suivis dans le couloir menant à la salle à manger, les yeux rivés sur sa troublante silhouette. L'envie m'a aussitôt pris de me coller contre elle.

— Te coller ?

— OK. J'avais envie de presser mon sexe contre tes jolies fesses avec une insistance primitive. C'est mieux ?

— Plus conforme à mon souvenir, en tout cas, rigole-t-elle. À ce moment, j'ai poussé un petit cri de surprise, mélangé à une once de crainte. Je me suis défaite de ton étreinte et j'ai dit: « Après le repas, au moins… »

Je nous revois, chacun assis à un bout de la grande table. On se serait cru dans un film. Chez mes parents, il n'y avait pas de salle à manger. Nous mangions dans la cuisine, comme tout le monde, quoi ! La famille de Sophie est un peu snob. Ils aiment croire qu'ils ont de bonnes manières et ne se privent pas d'étaler leur richesse. Les étagères du buffet vitré étaient garnies de verres en cristal, d'assiettes de porcelaine cerclées d'or. Ça me mettait mal à l'aise. J'avais peur que mes vieux jeans tachent leur fauteuil en velours beige. Seule ma chemise blanche avait l'air d'être à sa place dans ce décor immaculé.

La table était décorée de chandelles. Une bouteille de vin trônait au centre. Sophie m'a fièrement annoncé le menu qu'elle avait concocté : potage, assiette de pâtes fraîches, fromages, fruits et dessert. Sophie me donnait faim. Faim d'elle. Je savourais ma chance. Ses yeux pétillaient et son sourïre me faisait fondre. Qu'est-ce qu'une belle fille comme elle fabriquait avec un gars comme moi ?

Les plats se succédaient et je mangeais trop rapidement. Je ne pensais qu'au dessert... Ma belle rousse à la peau de pêche. Après le repas, Sophie m'a invité à passer au salon. Je sentais que la soirée serait longue... Elle m'a offert un digestif en mettant de la musique, du Charles Aznavour. Elle essayait même d'entretenir une conversation sur le hockey ! Pendant un instant, je me souviens m'être demandé : où suis-je ? Qui est cette fille qui joue à la grande dame ? Mais je comprenais...

— Retarder le moment. Meubler le silence languissant du désir. Reporter le temps où j'allais devoir ranger mes poupées.

Je voulais bien me taper de la musique de vieux et siroter mon verre en faisant semblant, en attendant... Mon cerveau, lui, roulait à vive allure, cherchant comment accélérer le déroulement de la soirée. Pendant ce temps, nous discutions à propos de tout et de rien. Je jouais mon rôle sans trop de conviction, jusqu'au moment où j'ai eu ce que je croyais être l'idée du siècle.

— Si je te faisais un massage ?

Elle a accepté que je lui masse les épaules sur le divan.

— On serait mieux sur ton lit, non ? ai-je ajouté, me pensant bien rusé.

Et elle a dit oui ! Elle a dit oui !

Je triomphais. J'exultais.

Je disais un grand merci à celui qui avait inventé la femme et le lit.

Mais Sophie a gardé ses vêtements et s'est couchée sur le ventre…

— Tu ne trouves pas qu'il fait un peu chaud, toi ? ai-je dit, subtil comme un tracteur.

— Un peu, oui… a-t-elle répondu d'une voix un peu étouffée, la tête dans l'oreiller.

— Tu pourrais enlever ton chandail…

— Je me suis relevée, j'ai souri, timidement. Je savais bien qu'il fallait en arriver là… Mais ce que tu ignorais, c'est qu'à ce moment-là, dans ma tête, je chantais.

Et dans la cuisine de notre appartement, Amour s'est mise à virevolter autour de moi et mes dessins, en chantant ce vieux classique qui évoque une période romantique révolue, où les gens s'aimaient avant de se toucher...

Parlez-moi d'amour
Redites-moi des choses tendres
Votre beau discours
Mon cœur n'est pas las de l'entendre
Pourvu que toujours
Vous répétiez ces mots suprêmes
Je vous aime.

— Je sais que j'ai été idiot. Je ne pensais qu'à moi.

— La première fois... j'étais trop affolée. Muette.

— Je me suis mis à te caresser, à t'embrasser. Je n'en pouvais plus d'attendre !

— J'avais le visage crispé, tous les muscles de mon corps se tendaient en un crescendo allant de la crainte à l'effroi.

— Sans que tu t'en aperçoives vraiment, j'ai descendu ma fermeture éclair. De l'air, de l'air ! Puis, j'ai relevé ta jupe, baissé mes jeans jusqu'aux genoux.

— Je me sentais fragile comme une bulle de savon dans le bain d'un géant.

— J'ai tassé ta petite culotte blanche avec deux doigts tout à coup très agiles.

— J'avais peur, peur que le géant décide d'enlever le bouchon… Ressentir l'effet du tourbillon, me sentir entraînée dans le renvoi.

— Et puis j'ai essayé de me frayer un chemin en toi… Mais tu étais fermée comme un coffre-fort à double paroi d'acier trempé.

— Tu m'as traversée comme un train qui a peur de ne jamais voir la lumière au bout du tunnel. À toute vitesse.

— Je t'ai oubliée, oui… Je sais.

Amour me prend soudain dans ses bras, tendrement, puis m'amène sur notre futon.

J'ouvre la bouche pour parler, mais elle dépose doucement son index sur mes lèvres.

Et comme pour conjurer le mauvais sort de cette première fois ratée, nous nous enlaçons, doucement, longuement. Dans ses bras, je perds la notion du temps. Je n'ai plus rien à craindre.

J'étais son Jules, elle était mon Amour. Et jusqu'à hier, ça rimait avec toujours.

Maintenant, je sais qu'il me faudra travailler fort pour trouver une nouvelle rime.

Les bons comptes font les bons amis

Je suis encore dans mes rêveries, enlacé avec Sophie, quand la « réalité » vient frapper à ma porte pour tout gâcher. Ma vieille concierge a décidé de me rendre visite. Si elle avait été chanteuse d'opéra, personne n'aurait jamais acheté de disques. Si elle avait été mannequin, personne n'aurait jamais acheté de vêtements, ce qui, dans certaines circonstances, aurait pu être une bonne chose, mais là n'est pas la question… Je la fuis comme la peste. Mais comme un microbe résistant aux antibiotiques, elle trouve toujours le moyen de ressurgir quand on croit s'en être débarrassé.

— Monsieur Jules ! Monsieur Jules ! Je sais que vous êtes là. Je cogne à la porte, là.

Je cogne, là. Je frappe fort même. Vous savez que je fais de l'arthrite et que ça me fait mal de frapper mes jointures contre votre porte fermée que vous refusez de m'ouvrir. C'est quasiment de la méchanceté de votre part. Ouvrez! Ouvrez! J'ai la clé, vous savez… Je vais aller la chercher si ça continue. Monsieur Jules! Monsieur Jules! Y a toujours bien des limites, ça fait deux mois que vous ne payez pas votre loyer. Vous ne pouvez pas dire que je ne suis pas une bonne concierge, que je ne me mêle pas de mes affaires, d'habitude. Avez-vous sorti vos vidanges? Monsieur Juuules! Écoutez… j'ai toujours été polie avec vous, je suis vieille… et là… je ne suis plus capable d'endurer ça. Je soupire, là… je suis fatiguée. Je soupire encore… Vous me donnez de la misère, j'ai de la difficulté à respirer. Maudits jeunes… Je vais vous glisser un mot sous la porte, pour vous rappeler de payer votre loyer, au cas où ce serait vrai que vous n'êtes pas là.

Je l'entends griffonner un moment contre la porte. Il me tarde de lire sa prose…

— Vous avez du courrier, monsieur Jules. J'ai monté les marches jusqu'au troisième étage pour vous l'apporter. Et c'est comme ça que vous me remerciez…

Ma concierge est la gentillesse incarnée. Deux enveloppes brunes, couleur de mauvaises nouvelles, apparaissent au bas de ma porte, ainsi qu'une feuille froissée qui semble avoir été un mouchoir dans une ancienne vie. Je sais qu'elle va rester un moment sur le seuil, son oreille collée sur la porte, à l'écoute de tout mouvement de ma part. J'attends donc de l'entendre descendre les marches avant de me lever pour récupérer mon courrier.

Le mot de ma concierge comporte des traces de mucus verdâtre. J'imagine la vieille, reniflant, s'essuyant le nez avec ses doigts alors qu'elle est en train de m'écrire un ultimatum. C'est ce genre de délicate attention qui vous la fait apprécier chaque jour davantage.

Les deux enveloppes contiennent bien ce que je pensais: des comptes. « Veuillez vous acquitter de ce montant immédiatement, sinon… » Sinon nous nous ferons un plaisir de vous envoyer une équipe pour débrancher tout système de survie urbaine qui avait été mis à votre disposition. Et ce, nous l'espérons, avec votre entière collaboration et votre plus sincère compréhension. Merci…

Je viens de perdre le trésor de ma vie. Comment vais-je trouver un moyen de gagner de l'argent pour payer mes comptes et mon loyer en retard ? Peu leur importe que je sois en deuil, que je vienne de subir une lourde perte. Ce sont leurs pertes à eux qui les intéressent.

Je n'ai plus un sou.

Je me laisse tomber d'un coup sur le dos, sur le futon. Les bras en croix, une facture dans chaque main, je songe à Jésus avec les voleurs de chaque côté de lui, lors de sa crucifixion. Pardonne-leur, ils ne savent pas ce qu'ils me font… pensé-je en fermant les yeux.

Sophie et moi avions choisi de vivre ensemble. En fait, officiellement, elle habitait encore chez ses parents, mais elle passait le plus clair de son temps dans mon minuscule logement. Ce n'était plus qu'une question de jours avant qu'elle emménage pour de bon. Avec le bébé qui s'en venait, quoi de plus normal. Nous pensions habiter temporairement mon modeste deux-pièces, le temps de trouver quelque chose de plus grand. Tant que notre enfant serait tout petit et dormirait dans un berceau, cela pourrait aller. Nous ne nous étions pas encore procuré tout le nécessaire pour sa venue prochaine. Nous avions le temps, la naissance n'était prévue que dans un mois environ. Et puis, nous comptions aussi sur l'aide des parents et amis pour les meubles et accessoires. Déjà, des piles de vêtements minuscules s'entassaient dans des sacs au fond du seul placard de l'appartement. Heureusement, parce qu'avec mes maigres revenus du programme des prêts et bourses, je suis loin d'être riche. Je réussis quand même à vendre une toile de temps en temps, mais bon, mon travail n'est pas encore assez connu pour que je puisse exiger des fortunes.

Le bail est à mon nom, ainsi que les comptes de téléphone et d'électricité. Sophie tenait mordicus à ce que nos deux noms y figurent, une fois qu'elle aurait emménagé. Moi, je n'en voyais pas l'intérêt. D'autant plus qu'il m'arrive fréquemment de payer en retard. Ma cote de crédit n'est sûrement pas la meilleure en ville. J'aurais préféré être le seul mauvais payeur de notre nouvelle famille. Je croyais que ça pourrait toujours être utile qu'au moins un de nous deux soit blanc comme neige face aux institutions financières. On ne sait jamais quand on peut avoir un urgent besoin d'argent, et ce n'était certainement pas avec mon dossier qu'on pourrait obtenir une telle faveur. Mais bon. La maternité avait changé mon Amour. La fille bohème et frivole s'était transformée en jeune femme désireuse de respecter les règles. Je me demandais si j'en serais capable. Je ne le saurai peut-être jamais…

J'ouvre les yeux. La Mort est là. Elle m'observe, assise sur le rebord intérieur de ma fenêtre. Tel un corbeau perché qui aurait enfoui sa tête sous son aile, je ne vois que ses yeux dépasser de sa cape noire.

— Tu as aimé mon imitation de ta concierge ? Vous avez du courrier, monsieur Juuuules ! Ha ! Ha ! Ha !

C'était donc elle… J'aurais pourtant dû la reconnaître. À moins… À moins qu'elle ait le pouvoir de posséder le corps des gens, selon son bon vouloir, pour me harceler.

Pour le moment, elle se contente de me regarder. Mais sa seule présence devant ma fenêtre suffit à bloquer une bonne partie du soleil. Heureusement que Sophie est là pour m'offrir un rayon de lumière. Elle jaillit devant la Mort.

— Tu es jalouse, c'est ça ? tonne Sophie. C'est ça, hein ? Pourquoi tu ne le laisses pas tranquille ?

— Et toi… Qui le torture le plus, penses-tu ? rétorque l'oiseau de malheur.

— Moi, je l'aime !

— Moi aussi, réplique le sombre volatile. Extrêmement beaucoup même, beaucoup plus que toi. C'est moi qu'il aime maintenant. Quand je suis là, tu n'existes plus, tu n'as même jamais existé.

Le téléphone se met à sonner. Une sonnerie étrange que je ne lui reconnais pas. Inquiet, je décroche tout de même.

— Bonjour, ici Bell Canada. Vous êtes bien monsieur Jules, n'est-ce pas ? Reconnaissez-le, vous ne pouvez le nier, hors de tout doute, hors de question de falsifier votre identité en changeant votre voix par exemple. Non. Nous savons à qui nous avons affaire et il s'agit d'un très mauvais payeur.

— Écoutez…

— Non ! Aucune tentative de dissidence ne sera acceptée. Vous êtes une tache dans le grand livre immaculé de notre société. Vous êtes une tare. Vous savez ce que c'est, une tare ? Vous diminuez la valeur des autres bons payeurs. C'est à cause de personnes comme vous que nous devons harceler les gens. Notre image en souffre grandement. Si vous n'existiez pas, j'espère que vous me comprenez bien, tout le monde s'en porterait mieux. Osez me contredire !

— Je vous envoie le chèque aujourd'hui même.

— Bien… Et qu'il ne s'agisse pas d'un subterfuge, d'un accord tacite et irrégulier avec le cours du temps pour retarder votre paiement. Aujourd'hui même ! De toute façon, nous le saurons bien assez tôt… Au revoir ! Passez une agréable fin de journée.

Soudain, j'entends le chant de la sirène d'ambulance. Elle essaie de m'attirer dans son piège en me charmant avec sa lancinante mélopée funèbre. C'est si puissant et envoûtant. Mourir… ne plus souffrir…

J'allais succomber quand Sophie se plante tout à coup devant moi avec mes factures et des pinceaux.

— Peins, Jules. Ne cède pas à la tentation. Prends tes pinceaux. Barbouille tes comptes en couleur de grimaces.

Amour a raison. La révolte, même puérile, est un bon antidote à la mélodie funèbre des sirènes. Je m'applique donc à remplir mes factures de dessins iconoclastes et irrévencieux, en y prenant beaucoup de plaisir.

— Ne te laisse pas avoir. Rappelle-toi la petite fille qui t'a écrit «je t'aime» sur un carton d'allumettes.

Le bruit de la sirène cesse enfin.

— J'aimerais tant pouvoir laisser mes lèvres errer sur ton cou à jamais, chuchote Sophie.

Mais les croassements de la Mort reprennent de plus belle.

— C'est encore moi, monsieur Jules! La concierge. Je le sais que vous êtes là. Je vous ai entendu parler au téléphone. Et ne pensez pas que je vous espionne! Les murs sont en carton, c'est pas mêlant, je vous entends ronfler la nuit. Je ne cognerai pas, là. J'ai été obligée de prendre mes pilules antidouleur tantôt. Je soupire, là… J'ai encore mal. En plus, vous me faites mal au cœur. Pourquoi vous ne m'ouvrez pas? Ouvrez! Ouvrez la porte! Ouvrez la porte, sinon je vais me mettre à sacrer ! Bon, très bien… Vous ne me donnez pas le choix. Je vais revenir. Je vais revenir et ça va être pire. Je vais revenir avec le… avec le PROPRIÉTAIRE !

— Espèce de folle… ne puis-je m'empêcher de murmurer entre mes dents.

J'ai beau savoir qu'il s'agit de la Mort, je peine à distinguer la réalité du cauchemar.

Je la crois partie, mais le téléphone sonne de nouveau. Elle m'a déclaré la guerre et n'aura de cesse de m'envoyer son artillerie…

— Oui, allo ?

— Bonjour, ici et pas ailleurs Hydro-Québec. Vous ne nous avez pas envoyé de chèque ! Nous prenez-vous pour une agence de crédit ? Nous allons vous couper le courant ! Et vous avez besoin de nous aider à le faire.

— Vous n'avez pas le droit de me débrancher ! les fustigé-je.

— Mais mon bon monsieur, regardez donc dehors. Jetez un petit coup d'œil. Vous n'avez même pas besoin de le lancer bien loin. Jetez un petit coup d'œil, mais ne faites mal à personne. Regardez, examinez, inspectez, remarquez, contemplez, admirez : c'est l'été ! La date limite est passée date depuis longtemps. Nous avons tous les pouvoirs et l'autorité nécessaire pour vous couper l'électricité.

— On peut prendre un arrangement ? suggéré-je.

— Un arrangement… Vous voulez nous arranger ?

— Non, je voudrais m'arranger.

— Vous arranger ? Non, s'il vous plaît, laissez-nous ce soin…

— Écoutez, je suis peintre. J'ai besoin d'électricité, au moins pour peindre, si ce n'est pour me faire à manger. Vous ne voudriez pas être responsable de ma mort par malnutrition ? dis-je en trouvant la force de blaguer.

Ma belle rousse y va alors d'une recommandation simpliste mais jouissive.

— Envoie-les donc tous chier !

Mais cela n'a pas l'air de tellement les affecter… Leur salve à mon endroit se poursuit.

— De combien d'argent disposez-vous maintenant ?

— Il ne me reste que dix dollars, je crois.

— Eh bien, on va commencer par ça. Sinon on vous coupe, coupe, coupe ! Tout ce qu'on peut vous couper… si vous saisissez l'allusion… Au revoir ! Et passez une agréable fin de journée.

J'aimerais être un oiseau, un aigle d'Amérique géant, et voler. Voler au-dessus d'une banque et m'enfuir avec entre mes serres noires et brillantes.

— Tu aimerais voler, mon cher ? Mais je ne demande que ça. Si tu veux, je t'ouvre la fenêtre…

À voir le sourire moqueur de la Mort juchée sur le rebord de ma fenêtre, je comprends qu'elle me trouve profondément naïf.

Des bruits derrière ma porte. La concierge est de retour. Elle clame être avec le propriétaire et prétend qu'ils ont la clé de mon appartement en leur possession. J'entends le son d'une clé dans ma serrure.

— Allez-y, monsieur le propriétaire, déverrouillez la porte. Entrez chez vous, faites comme chez nous. Faites tourner le barillet de la serrure comme s'il s'agissait du barillet d'un revolver. On va charger! Charger à l'intérieur! On va rentrer comme des balles.

Il faut à tout prix que je les empêche d'entrer! Je les imagine piller mes affaires et s'emparer de ce qu'ils pensent avoir une certaine valeur. Devant cette perspective, une nouvelle vigueur s'empare de moi. Il est hors de question que je les laisse faire. Je pousse mon futon puis ma bibliothèque contre la porte. J'empile tout ce que je peux afin de me construire une barricade.

—Mais… Mais… Il s'est barricadé! s'écrie la concierge. Vous n'avez pas le droit! On va appeler la police!

— Wo, wo, wo… On peut se parler, non?

— Ah! Vous êtes là tout d'un coup… Ça ne fait rien, on va appeler la police quand même. J'ai hâte! ricane-t-elle.

— Je vais vous payer. Je prépare une exposition, je vais avoir de l'argent après.

— Ha, ha, ha… Je ris. Ha. Je ris même très fort… Ha, ha… De quoi ç'a l'air au moins?

— Je ne peux pas vous montrer mes toiles tout de suite, elles ne sont pas prêtes. Ça ne vous donnerait pas une bonne idée de ce que ça va être.

— On veut voir !

— Non, je vous ai dit.

— Alors, vous ne nous laissez pas le choix… intervient le propriétaire de sa voix grave. Demain, ce sera l'avis d'éviction.

— Vous ne pouvez pas faire ça !

— Vous avez des talents de stand-up comique remarquables ! pouffe la concierge. Essayez donc ça au lieu de la peinture, c'est bien plus payant. Et moi, de toute façon, la peinture, à part de mettre de la couleur sur les murs, je ne vois vraiment pas l'intérêt. Trouvez-vous donc une vraie job ! Demain, c'est la rue, la rue, mon cher pauvre, qui vous attend, les bras grands ouverts ! Dormez bien. Profitez-en…

C'est un combat inégal. Je ne vois pas comment je pourrais vaincre. J'ai effectivement une exposition en préparation, mais il me faudra un certain temps pour terminer tous les tableaux. Et puis, espérer en vendre suffisamment pour rembourser tous ces gens-là… Dans ma tête, les idées se bousculent. Peut-être que si je contacte quelques personnes qui ont déjà acheté de mes œuvres, je n'aurai pas à attendre le vernissage pour vendre des toiles.

Animé de ce sentiment d'urgence, j'inspecte mes toiles en chantier en me demandant laquelle je pourrais finir en premier. Je suis tellement survolté que je décide d'en peindre plus d'une à la fois. Une vraie folie ! J'installe les chevalets côte à côte et je saute d'une toile à l'autre, mélangeant les couleurs comme je ne l'avais jamais imaginé auparavant. Qui sait, je suis peut-être en train de créer un nouveau style, une nouvelle façon de peindre ?

Électrisé, je peins furieusement, plusieurs heures durant.

Vers dix-neuf heures, la lumière s'éteint.

— Déjà ? C'est impossible ! Je rêve… Pas le jour même !

— Couper ! croasse la Mort. Couper l'électricité ! Il va faire noir, très noir maintenant, la plus belle des couleurs.

Ce retournement de situation pourrait m'accabler, mais je suis dans une rage créatrice telle que rien ne pourrait m'arrêter. Bien sûr, pour peindre, il vaut mieux avoir un bon éclairage. Malgré tout, je sens une lumière en moi, qui m'éclaire plus que n'importe quelle ampoule électrique.

— Je vais t'allumer des chandelles, me dit alors Sophie.

Pendant que je travaille, je la vois aller ici et là dans mon salon atelier, déposant des dizaines de bougies à la flamme vacillante afin de mieux m'éclairer. Si elle savait… Ma belle rousse est en elle-même un phare flamboyant guidant mon frêle esquif sur les eaux tumultueuses de cette nuit noire, sans lune et sans étoiles, qu'on veut imposer à mon âme.

— Tu es toute la lumière dont j'ai besoin, lui dis-je.

Le téléphone sonne encore.

— Bonjour, monsieur, ici Bell Canada. Nous vous appelons pour vous informer que vous êtes sur notre liste de débranchement. Qu'avez-vous à dire, en dernière défense, que nous n'ayons déjà entendu ? Quelles sont vos dernières volontés ? Mettez le fil du téléphone autour de votre cou et tirez… Parce que maintenant, il n'aura plus d'autre utilité…

La Mort rit très fort. Son rire est peu à peu couvert par la tonalité du téléphone qui envahit tout mon appartement. Un son monocorde et puissant qui va en augmentant pour finir assourdissant. Soudain, j'entends un bruit sec, tel un coup de lanière de cuir sur la peau. La ligne est coupée.

Plus d'électricité, plus de téléphone.

Et cette menace d'éviction.

Plus de lumière, sauf celle que j'ai en dedans.

Bientôt plus de toit, sauf celui des oiseaux.

Je ne peux pas les laisser faire. Il doit bien exister une ligue de protection des droits à un toit au-dessus de la tête.

— Qu'ils aillent au diable, on va squatter ! crie Sophie.

Oh ! que j'aime l'entendre rugir ainsi, ma douce, ma belle, ma tendre lionne. Je ne voudrais pas être une gazelle sur son chemin quand elle est aussi affamée.

— On va se battre contre tous leurs moulins à vent en papier ! gronde-t-elle.

— Contre tous les fonctionnaires qui fonctionnent à l'air ! dis-je, en entrant dans le jeu.

— À l'air entre leurs deux oreilles !

— À l'air fou !

— À l'air qu'ils ne veulent plus qu'on respire… achève-t-elle.

Pourquoi n'est-elle plus là ?

Mes mains ont besoin de la toucher.

Je délaisse la peinture un moment et je fouille dans mes affaires à la recherche d'une matière plus appropriée aux sentiments qui m'habitent.

— De la terre glaise… Ça fait longtemps que tu n'as pas touché à ça.

— J'ai besoin de me salir les mains, de me plonger les doigts dans la terre, d'avoir l'impression de m'enraciner quelque part.

Sophie m'observe un long moment sans rien dire. Je la sens curieuse. N'y tenant plus, elle finit par me demander :

— C'est quoi ? C'est tout difforme.

— C'est mon cœur…

Rock'n'roll

Je travaille la terre glaise. Je suis complètement absorbé, je ne vois pas le temps filer. Mon horloge biologique sonne l'heure d'une pause. Tel un coucou affamé, mon ventre se met à gargouiller. Je n'aime pas que mes élans créateurs soient interrompus pour une raison aussi primaire. Combien de fois ai-je souhaité l'existence d'une petite pilule pour combler mon estomac !

Une étrange association d'idées me vient alors en tête…

Ma belle folle d'amour avait voulu célébrer son dix-septième anniversaire sous l'influence d'une petite pilule aux effets hallucinants. Devant ma réticence, son seul argument avait été que nous n'en avions jamais «fait» ensemble. Je n'avais jamais touché à ça. Ça me faisait un peu peur... En plein le genre de réponse à ne pas donner à Sophie. Elle était toujours prête à repousser les frontières de la peur. Je l'aimais entre autres pour cette raison. Cette fille me forçait à me dépasser. «On va délirer comme jamais!» s'était-elle écriée. En somme, rien pour me rassurer.

Nous nous étions donné rendez-vous chez elle, dans le sous-sol. Comment s'était-elle procurée la pilule, je n'en avais aucune idée. «Secret...» avait-elle répondu. C'était sa soirée et j'avais accepté de jouer le jeu sans poser de questions. Je savais Sophie assez débrouillarde. Tout ce qui m'importait, c'était de la sentir heureuse, même si cela risquait de mal tourner...

Ma splendide rousse désirait par-dessus tout rendre cette soirée aussi mémorable que spéciale et elle avait préparé toute une cérémonie. Elle m'a d'abord surpris par le choix de la musique: *Sympathy for the Devil*, des Rolling Stones. Un vieux truc accrocheur, piqué dans la discothèque de ses parents. Ça la faisait rire. J'avais de la difficulté à imaginer ses vieux écoutant du rock, même dans leur jeunesse, eux qui étaient si conformistes aujourd'hui. Je n'étais pas très chaud à l'idée, mais j'ai dû admettre après écoute que le rythme tribal et envoûtant de cette vieille chanson donnait le goût de s'éclater. C'est au son de cette musique que nous nous sommes assis par terre, pieds nus et en tailleur, l'un en face de l'autre. Sophie présenta les deux pilules et les éleva vers le ciel. Les chœurs nous ensorcelaient en scandant à répétition des : *Ooo, who, who! Ooo, who, who!* C'était le début du rituel qu'elle avait imaginé. Écouter la musique de ses parents en prenant de la drogue, ça avait un goût de transgression pas désagréable… Nous avons ensuite croisé nos avant-bras l'un autour de l'autre en nous fixant dans les yeux. Chacun devait déposer la pilule sur la langue de son complice. Une fois la chose avalée, nous nous sommes levés d'un bond. Nous sautillions sur place en nous tenant les mains et chantions à tue-tête : *Ooo, who, who! Ooo, who, who!*

Rock'n'roll.

La soirée pouvait commencer.

La drogue n'allait pas faire effet tout de suite, m'avait prévenu Sophie. Mais juste d'être avec elle, je me sentais déjà enivré. Nous avions rendez-vous rue Saint-Denis, nous allions rejoindre un groupe d'amis, eux aussi sous influence. Le déroulement de la soirée nous a empêchés de les retrouver. En chemin, dans le métro, j'observais les réactions de mon corps, à l'affût du moindre changement de ma perception de la réalité. Ma douce m'avait taquiné en me demandant si je ne voyais pas encore d'éléphants roses. Pendant un moment, j'ai songé que peut-être ces pilules ne fonctionnaient pas sur tout le monde. La suite me démontrerait le contraire…

Une fois rendu rue Saint-Denis, je ne me rappelle plus exactement ce qui est arrivé. Je sais que nous avons commencé notre odyssée au cinéma du Quartier Latin, dans le coin des machines à boules et autres jeux électroniques. En passant les comptoirs de nourriture, j'ai été ébloui par autant de lumières brillantes et clignotantes. Le bruit ambiant m'avalait. Ça résonnait de partout. Les haut-parleurs crachaient une musique impossible à reconnaître à travers l'avalanche de sons que les jeux vidéo produisaient. Sophie m'a pris la main et m'a entraîné vers son jeu de prédilection. Elle était aux commandes d'un personnage en forme de rond jaune doté d'une bouche, se déplaçant dans un labyrinthe hanté par quatre fantômes à éviter à tout prix. Le but consistait à dévorer toutes les pastilles jaunes semées au long du chemin sans se faire manger par les fantômes. Je n'ai pas compté le nombre de jetons que Sophie engloutit dans ce jeu débile. Pour elle, chacune des pastilles avalées par son bonhomme jaune représentait autant de petites pilules semblables à celles que nous avions ingurgitées plus tôt.

— Méchant trip ! a-t-elle exulté.

En un mot, elle s'amusait ferme. J'ai fini par me lasser de la regarder jouer. D'étranges sensations me parcouraient les veines des pieds à la tête. Je ne me reconnaissais plus…

— *Fuck* le *high score* de la machine, moi c'est le *high score* de la soirée qui m'intéresse ! me suis-je alors écrié.

Sophie m'a regardé avec un sourire en coin. Elle avait deviné que j'avais une idée pas ordinaire. Ce n'était pas vraiment mon genre, habituellement, mais là, tout me paraissait possible. Je me sentais invincible.

Près des comptoirs de nourriture, en face des toilettes, j'avais repéré, plus tôt en arrivant, un extincteur à poudre accroché sur une colonne. J'ai fait signe à Sophie de s'en emparer. Sur le coup, elle en a été si surprise qu'elle a figé. Je l'ai alors embrassée goulûment tout en lui murmurant: «Fais-moi confiance…» Ma douce a subtilisé l'extincteur puis nous nous sommes précipités à l'extérieur.

Première partie du plan réussi. Ouf!

Nous nous sommes rapidement éloignés des lieux du crime sans attendre nos amis qui devaient venir nous rejoindre plus tard. Au pas de course, nous nous sommes rendu plusieurs rues plus loin, rue Sainte-Catherine. À bout de souffle, nous nous sommes enfin arrêtés. Je désirais vérifier si l'extincteur fonctionnait. J'avais justement devant moi une cible idéale: une Mercedes noire flambant neuve. J'ai retiré la goupille de protection et dès que j'ai appuyé sur la gâchette…

— Ça marche!

Une bonne dose de poudre jaune s'était étalée sur le capot de la voiture.

— Wow!

Nous trépignions de plaisir. Nous étions les nouveaux Bonnie et Clyde, deux vandales en cavale. Insouciants. Inconscients.

Derrière nous se trouvait la porte d'entrée d'un bar d'où éructait de la musique techno.

— On déteste la musique de machines ! a rugi Sophie.

Comme pour rendre toute sa vivacité à ce souvenir, ma belle allume une radio à piles dans notre appartement et choisit une fréquence où on joue des airs du genre. Je ne l'avouerai jamais, mais… Cette musique fait tellement partie de notre passé, elle est si incrustée dans mon cerveau, que de la réentendre maintenant a un goût de nostalgie sucré.

Cette soirée-là, rue Sainte-Catherine, nous étions toutefois dans un autre état d'esprit…

— On déteste la musique techno ! hurlai-je. Et le monde qui fréquente ces endroits-là ne mérite tout simplement pas de vivre !

Ce genre de déclaration à l'emporte-pièce avait toujours eu le don de faire rigoler Sophie. Pour moi, ce soir-là, son rire était comme la plus belle des musiques. Je n'avais certainement pas envie de m'en priver. J'ai alors décidé de pousser la porte d'entrée du bar. Elle débouchait sur un étroit vestibule donnant accès à un escalier montant au deuxième étage, là où devait se trouver le plancher de danse. Soudain, nous avons entendu des pas résonner dans l'escalier. Puis, nous avons vu deux filles en descendre. Ç'a déclenché un éclair dans la tête de Sophie. Elle m'a pris l'extincteur des mains et s'est empressée d'asperger d'une bonne dose de poudre jaunâtre les deux demoiselles à la chevelure blonde décolorée et sculptée grâce à la magie du gel pour cheveux.

Mort de rire, mal au ventre, l'hilarité totale !

Nos deux victimes criaient, nous insultaient, nous menaçaient des pires sévices. L'une d'elles remontait l'escalier en parlant d'un ami karatéka, tandis que nous croulions de rire en déguerpissant. Encore une fois, nous avons couru dans le dédale des petites rues du centre-ville, ne sachant pas trop où nous allions. Sophie trimballait l'extincteur au-dessus de sa tête, comme d'autres paradent avec un trophée, le sourire fendu jusqu'aux oreilles. Puis, à bout de souffle, de rire, de courir, Sophie a lancé : « Bordel que je déteste les poupounes *bleachées* ! »

— Moi, c'est les folles finies comme toi que j'aime.

Dans notre appartement, Amour vient me prendre les mains et se colle le front contre le mien. Et, tout comme lors de cette soirée-là, je ne peux pas lui résister. Je l'embrasse sur le nez.

— Arrête… tu m'excites ! dit-elle en riant.

Les mêmes mots que le soir de ses dix-sept ans.

— Ce soir-là, dis-je, il y avait quatre pleines lunes brillantes… et c'étaient nos yeux.

— Moi non plus, je n'ai pas oublié, me souffle Sophie. Il s'était mis à pleuvoir un peu. Des gouttes se déposaient sous tes yeux. On aurait dit que tu pleurais. J'ai alors pris un accent français, à la Arletty et, faussement tragédienne, j'ai dit : « Mais voyons, ne pleure pas. Ne pleure plus. Je t'aaaiiimmme. »

— Moi aussi.

— T'étais drôle ! pouffe-t-elle. T'étais vraiment le plus drôle !

— Je savais que quand je prenais mon air sérieux, ça te faisait rire.

— Tu as toujours réussi à me faire rire, déclare-t-elle.

— Même quand j'étais le plus sérieux du monde…

Nous étions en pleine déclaration d'amour quand un maître d'hôtel, ou quelque chose du genre, habillé en pingouin cravaté, est sorti du restaurant chic en face de nous. Il nous a demandé où nous avions pris l'extincteur que Sophie avait déposé à ses pieds. Nous avons joué les innocents, mimant ceux qui ne comprenaient pas de quoi il parlait. Nos talents de mimes devaient être assez limités. Le maître d'hôtel a réclamé qu'on lui remette l'extincteur. En résumé, il nous a traité de voleurs. Il n'avait bien sûr pas tort, mais nous n'étions pas d'humeur. Et comme nous persistions à refuser de lui donner l'objet de notre délit, le pingouin de luxe a menacé d'appeler la police. J'ai soudain fait semblant de comprendre… « Ah ! Vous voulez parler de ça », ai-je dit en m'approchant de lui avec l'extincteur dans les mains, la mine repentante. Je me rappelle son sourire soulagé, l'air de dire qu'il était encore possible, de nos jours, de faire confiance à la jeunesse.

— Moi, je me souviens surtout de son visage quand, au lieu de lui remettre l'extincteur, tu l'as complètement aspergé des pieds à la tête ! s'esclaffe Sophie.

— Quelqu'un avait déjà appelé les policiers. Ils étaient même au coin de la rue. Et toi, tu restais là !

— Le pauvre gars était plein de poudre jaune ! Je voulais être certaine de ne jamais oublier la face qu'il avait. C'était la plus belle grimace, la plus originale que j'avais vue de toute ma vie.

— T'étais vraiment folle. Et je t'aimais de plus en plus.

Avec les policiers dans les environs, nous avons décidé de quitter le secteur. Nous avons marché un bout de temps rue Saint-Denis, sous la pluie, sans but précis. Passé la rue Sherbrooke, nous sommes tombés sur le carré Saint-Louis, un parc reconnu pour ses veillées festives. Des gratteux de guitare, des joueurs de tam-tam s'y donnaient rendez-vous, entourés d'odeurs et de fumées suspectes. À cette heure tardive, la faune bigarrée se faisait plus rare. Du coin de la rue, Sophie avait aperçu la fontaine en plein centre du parc. Madame voulait se baigner ! Les bords du bassin étaient recouverts d'une espèce de mousse verte… et le fond était sale. Sans attendre, ma belle a sauté dans l'eau trouble.

— Viens ! Viens te baigner !

— On est déjà tout mouillés par la pluie, ai-je prétexté.

— Que t'es pas romantique ! Ah, les gars… Viens, viens nager avec moi !

Sophie barbotait dans l'eau peu profonde, battant des pieds et des mains, et prenait un grand plaisir à m'éclabousser.

— Je ne sais même pas nager.

Je n'aurais pas dû dire ça.

— Ah, oui ? Je vais te montrer, moi !

À partir de ce moment, mes souvenirs sont plus confus. J'en ai perdu des bouts. Avons-nous pris le métro, l'autobus, un taxi ? Dans l'état où nous étions, ça ne m'aurait même pas surpris que nous ayons « emprunté » une voiture. Tout ce dont je me souviens, c'est que nous nous sommes retrouvés flambants nus dans une piscine publique à ville d'Anjou, à l'autre bout de la ville, à trois heures du matin.

— Ça, c'est ce que les policiers nous ont fait remarquer… me dit alors Sophie, coquine.

— Moi, j'observais leur gueule devant ton superbe corps nu… Ils n'ont pas eu un œil pour ma nudité pointant vers les étoiles… Ils devaient être trop occupés à gérer les travaux du gratte-ciel dans leur pantalon… m'esclaffé-je.

— Les deux policiers remplissaient leur rapport distraitement, pendant que je me rhabillais… tranquillement. Ils ont été gentils.

— On sait bien…

— Ils sont venus nous reconduire chez moi. Et je t'avais préparé une surprise pour la fin de la soirée : du champagne !

— Tu veux m'achever ! me suis-je alors énervé. On avait pris de la drogue, couru toute la soirée, et là tu me proposais de l'alcool…

— Tu n'avais pas envie de mourir entre mes jambes… Je bougeais lascivement les hanches de l'arrière vers l'avant… mais tu n'avais aucune réaction.

— Qu'est-ce que tu as ? Tu n'as pas envie de moi ?

— J'ai peur…

— De quoi ?

— Qu'est-ce qu'on est en train de faire ?

— Qu'est-ce que tu veux dire ?

— Qu'est-ce qu'on fait de notre vie ?

— Tu ne files pas, là, ça arrive. Tu *bad-tripes*, ça arrive des fois.

— Non, je veux dire… On se connaît depuis l'âge de douze ans…

— Et quoi ?

— Et… Et on ne se l'est jamais dit une fois pour vrai !

— Je pensais qu'on était de ceux qui n'avaient pas besoin de se le dire.

Sophie a toujours eu une vision particulière de l'amour. Selon elle, lancer des « je t'aime » à quelqu'un était une façon de l'entraver, un moyen détourné qu'aurait un nageur en difficulté de lancer des appels au secours afin de recevoir une bouée pour mieux nous entraîner avec lui. Dire « je t'aime » revenait à parler à un miroir, la personne ne désirant entendre que : « moi aussi. » L'amour, pour Sophie, bien qu'elle ait été poète, c'était tout sauf des mots. C'est entre autres pourquoi elle refusait obstinément que ces « je t'aime » franchissent nos lèvres brûlantes. Ces paroles enflammées devaient demeurer à l'intérieur de nous et nous consumer. Il ne fallait pas le dire, il fallait le vivre.

— Tu étais fâchée… Je ne comprenais pas pourquoi.

— Oui… Et je me suis mise à t'embrasser farouchement, je voulais te dévorer les lèvres. J'étais devenue une cannibale d'amour. Je voulais te faire mal.

— Je te criais : « Arrête ! T'es folle ! »

— Oui, gros nono ! De toi ! De toi ! De toi ! Depuis toujours, maudit salaud !

— En larmes, tu es venue te coller… Et ta tête contre moi, tu as créé une mer intérieure entre mon épaule gauche et mon cou. Puis, j'ai fini par dire : « Je m'excuse ».

— Dis-le plus jamais, c'est tout.

Le soir de ses dix-sept ans, mon Amour s'est alors défaite de mon étreinte et est allée mettre de la musique endiablée. Elle a commencé à se déshabiller. C'était sa façon à elle de me dire je t'aime. Et aujourd'hui… elle répétait exactement les mêmes gestes.

— J'ai fait sauter le bouchon du champagne ! Et on a dansé, dansé, dansé ! exulte-t-elle, pareille à ce soir-là.

— On formait une tribu complète à nous deux, anthropophages d'amour charnel. Pendant que nos corps s'embrasaient, on dévorait tout l'amour autour et en dedans.

— On dévorait tout l'amour autour et en dedans, murmure-t-elle sans cesse comme un mantra.

— Pour qu'il n'y ait plus d'amour !

— Pour que jusqu'à la fin de nos jours… souffle-t-elle.

— … on soit obligés de le refaire toujours.

La parade des petits boulots

C'est la nuit. Je dormais, je crois. Sans que je m'en rende compte, un froid hivernal a envahi mon appartement. Je remarque que de la buée sort de ma bouche. Nous sommes pourtant en été. La température extérieure ne peut pas avoir chuté à ce point ! Pour m'en assurer, je m'approche de la fenêtre. Ce que je vois me glace le sang : un long cortège funèbre composé de dizaines de voitures noires a remplacé toute circulation.

— Je rêve, je rêve, c'est sûr, je rêve...
que je me répète.

Soudain, les vitres de toutes les autos s'abaissent en même temps, laissant voir des gens aux visages mornes qui me saluent de la main. Parmi eux, je reconnais ma concierge, mon propriétaire, un employé d'Hydro Québec… tandis que la Mort en talons aiguilles danse sur les toits des véhicules, sautant de l'un à l'autre dans une sorte d'ivresse.

C'était trop beau pour durer.

Les soucis sont revenus m'assiéger. Je ne peux me complaire éternellement dans la commémoration de ma vie passée avec Sophie. Tôt ou tard, il me faudra affronter la situation. J'ai besoin d'argent, et vite. Mon chèque du régime des prêts et bourses n'arrivera pas avant des mois et je n'ai aucune toile de prête à vendre. Je dois me trouver un boulot, n'importe quoi. Mais je m'en sens incapable. C'est au-dessus de mes forces. À la seule pensée de sortir de mon appartement, de ma boîte à souvenirs, mon ventre se noue, mon cœur se soulève. Je veux vivre ma peine jusqu'à ce qu'il n'y ait plus rien à vivre…

Tout à coup, je sens quelque chose taper sur mon épaule. Je me retourne vivement. Personne… Puis, je ressens une douleur vive au mollet, comme si on me mordait, tellement que j'en perds presque pied. Il n'y a pourtant rien d'accroché à mes jambes !

Je reviens à la fenêtre pour y jeter un coup d'œil. Le corbillard et sa suite ont disparu.

— C'est moi que tu cherches ?

Je sursaute en me retournant. La vieille femme est couchée dans mon lit, là où Sophie devrait se trouver. La Mort a revêtu les habits d'un épouvantail, et je dois dire que cela lui va plutôt bien. Je reconnais bien là son humour noir. Ne suis-je pas sans le sou, ou sur la paille, comme on dit ? Je me demande bien ce qui arriverait si je lui lançais une allumette enflammée. Est-ce que je verrais la paille qui sort de sous son chapeau et des manches de sa veste à carreaux se consumer ? Je m'imagine célébrer autour de ce feu de joie. Mais au fond, elle en profiterait sûrement pour brûler au passage tout ce qui me reste de mon Amour…

— Il va falloir que tu te trouves un emploi, mon cher Jules.

— Je sais, je sais…

L'épouvantail sort alors de son manteau et de son pantalon des feuilles de journal lui servant de rembourrure.

— Laisse-moi te montrer l'avenir… Tu vas voir, c'est comme un rêve. Un rêve merveilleux. Chaque jour, tu commenceras par les journaux. Tu liras les petites annonces. Toutes les petites, petites annonces pour des petits, petits boulots, pour du petit, petit monde comme toi. Tu n'as pas d'expérience dans quoi que ce soit, on n'engage pas ça, des artistes, persiffle le monstre empaillé.

Attablé dans la cuisine, en pleine nuit, je consulte les offres d'emplois que me suggère la vieille femme. Mon crayon à la main, j'encercle certaines annonces. Mais je n'ai pas les qualifications requises. À quoi bon… Le paillasson sur deux jambes a raison : l'avenir est vraiment un rêve merveilleux concocté par la Mort elle-même, autant dire un véritable cauchemar.

— Chaque jour, tu iras au bureau d'emploi des sans-emploi le plus près de chez vous. Imagine comme ce sera beau ! Une belle file d'attente derrière les guichets d'emplois automatiques d'automates qui tiquent. De beaux fonctionnaires en beaux pantalons faits de matériel synthétique, peignés sur le côté avec le restant de graisse de rôti de la semaine. Les beaux petits crayons alignés dans leur poche de chemise beige en polyester, dans un beau petit étui avec Canada écrit dessus. Ça ne peut pas être plus beau ! Vas-y, vas-y ! C'est à ton tour ! Un jour ce

sera ton tour ! C'est peut-être aujourd'hui ?
s'esclaffe la Mort.

Je laisse retomber ma tête entre mes
paumes, les coudes appuyés sur la table de
cuisine. Je ne sais rien faire d'autre que
peindre ou presque. Quelle sorte d'emploi
pourrais-je bien me trouver ?

— Maudit argent… murmuré-je entre
les dents.

— L'argent, ça existe, tu peux en
trouver.

Sophie ! L'épouvantail avait presque
réussi à me la faire oublier.

— Oui, ce n'est pas comme le bonheur…
raille la veille femme.

Son personnage d'épouvantail se transforme alors sous mes yeux. La paille compo-
sant ses cheveux devient autant de serpents.
Du sang coule maintenant de ses orbites et
elle tient un fouet dans sa main. La Mort a
beau se moquer de Sophie, elle la considère
tout de même comme une menace, un empê-
chement à laisser libre cours à sa rage et sa
haine. Ce n'est pas pour rien qu'elle a pris
l'allure de la Mégère, l'une des trois Furies,

ces anciennes divinités chargées de tourmenter les humains en leur criant dans les oreilles pour les rendre fous.

La Mégère fait claquer son fouet et la lanière s'enroule autour de mon bras droit. Sophie agrippe alors mon bras gauche. Du feu dans les yeux, elle n'a pas l'intention de s'en laisser imposer. Les deux femmes me disputent. Je me retrouve littéralement tiraillé entre les deux.

— Tu ne l'auras pas ! clame Sophie. Il y a des mots et des histoires d'amour qui sont plus vrais, plus vrais que la Mort et ses chimères réunies.

— Le duel pourrait être intéressant, réplique la Furie, qui paraît s'amuser. Mais je te préviens, tes mots ont beau être vrais, les miens sont, comment dirais-je… définitifs. Comme toutes les histoires d'amour, ils finissent mal.

Une joute oratoire se prépare… et je sens que je vais en être à la fois le juge et la victime.

— Tu te souviens, pendant l'été après la première année de cégep, commence Sophie, nous avons décidé que les murs limitaient notre horizon. Nous avons vendu tout ce que nous possédions. Nous voulions aller sur la lune sur le pouce !

C'est vrai… Nous étions, à cette époque pas si lointaine, en quête d'absolu, de nous-mêmes. Nous pensions qu'en faisant table rase de nos possessions, nous allions retrouver l'essentiel. J'ai laissé derrière moi le mobilier de mon enfance, que mes parents m'avaient donné. Je n'avais plus rien, plus rien que moi. Plus rien que moi à découvrir. Le passé n'existait plus, l'éducation que nous avions reçue s'était envolée avec. Nous désirions connaître qui nous étions vraiment au plus profond de nous-mêmes.

— On s'est acheté chacun un gros sac à dos, dis-je.

— Et on s'est installés sur le bord de l'autoroute.

— Je ne pensais à rien…

— Je pensais à toi !

Notre premier voyage sur le pouce. Ensemble. Il faisait beau. Nous avons déposé nos bagages sur l'accotement et nous nous sommes assis dessus. Sophie avait voulu qu'on se fabrique une pancarte avec notre destination inscrite au crayon feutre :

«Gaspésie». J'avais plutôt tendance à faire confiance au destin. L'important, c'était le trajet pour s'y rendre. C'était ça, pour moi, voyager.

Bercé un moment par ces souvenirs, je retrouve un peu de quiétude. Mais c'est sans compter la riposte de la Furie, qui me sort sauvagement de ma rêverie en me tirant le bras à l'aide de son fouet.

— Liste des emplois du jour. Un vrai marché public avec de belles grosses jobs fraîches et juteuses. Mais pas pour toi… Tu n'as pas d'expérience, toi. Toutefois, il y a plein de jobs au salaire minimum. On demande jeunes gens dynamiques, sans expérience, capables de relever des défis… Hé! mais c'est tout toi, ça! Se présenter à l'employeur d'emploiriens pour un emploi en règle selon la loi du marché de l'offre rien et de la demande en masse. Vas-y, cours! Il est peut-être déjà trop tard, allez, dépêche! L'avenir t'attend depuis hier.

La Mégère a sans doute raison. Bientôt, je n'aurai plus tellement le choix. Rester à la maison ne me mènera nulle part. Un jour ou l'autre, il me faudra travailler. Et la vieille femme continue à me harceler, profitant de ma langueur. Elle fait apparaître des murs blancs tout autour de moi.

— Le travail est simple : vous êtes quatre autour de la machine qui va faire avancer devant vous, sur un tapis roulant, des escalopes de veau panées mécaniquement.

Une boucherie industrielle. La Mort n'aurait pu mieux choisir... L'endroit ressemble à un laboratoire. L'éclairage au néon fait ressortir les coulisses de sang séché sur les sarraus blancs des employés. La Furie continue de me crier dans les oreilles.

— Vous « sacrez » les escalopes de veau dans les boîtes, mais en n'utilisant pas le terme que je viens d'employer, jamais. Il y a juste le patron qui peut manquer de respect envers le produit et les employés, est-ce clair ? À mon signal, on commence la production. Attention... tout le monde est prêt ? GO !

La Mégère claque son fouet à répétition autour de moi en parodiant une chanson de Blanche Neige.

— Siffler en travaillant, la, la, la, la, la, la, la ! Et le fouet paraît léger, si vous pouvez siffler ! Fouetter en fredonnant, la, la, la, la, la, la, la ! Que ça va vite, quand la musique du fouet vous aide à travailler !

La vieille femme est déchaînée. Mais quand elle se rend compte que sa sadique ritournelle me fait sourire malgré les coups de fouet tout près de moi...

— Jules est plus fort que tu le croyais ! triomphe Sophie.

— C'est ce qu'on va voir... rage la Mort. De retour à la case départ, passez GO sans réclamer vos deux cents dollars. Prochaine étape de notre visite guidée gratuite qui lui coûte cher le temps qu'il perd. Que dirais-tu d'aide-serveur ? Oui, monsieur, un vrai boulot propre ! Tu t'habilles en pingouin avec une belle petite bouboucle noire. Au préalable, l'employé a pris soin de se vêtir d'un pantalon noir et d'une chemise blanche. Les clients aiment bien ça... Allez, venez, jeune homme, on va vous montrer votre aire de travail : un beau petit coqueron derrière le bar. Lave, maintenant ! Des verres, en veux-tu, en v'là !

— À la main ?

— Hé oui ! Tout est fait à la main ici. On croit beaucoup au *hand made*, c'est même notre marque de commerce. Ici, le client est rassuré.

— Me semble qu'avec une machine, ça irait plus vite, non ?

— Vous voulez travailler, oui ou non ? Allez ! Le tout Outremont n'a pas que ça à faire, attendre après vos verres, allez !

La Mégère se fait de plus en plus insistante, voire harassante. Je commence à en avoir assez… Je regarde Sophie, sourire en coin. Je sens qu'elle va savourer ma tirade.

— Madame Pimbèche Du Machin déguste son verre de vin du bout de ses lèvres maquillées rouge vin. As-tu déjà lavé des centaines de verres tachés de rouge à lèvres foncé tout le tour du verre ? À la main ! Ben le fun, ben, ben le fun… Si tu n'avais pas trouvé un sens à ta vie avant ça, alors là… tu n'es pas plus avancé. Le serveur, qui se donne un accent français, passe son temps à me retourner des verres : « Il y a une tache ici, mon jeune ami. » Décroche, bonhomme, je ne suis pas ton chum ! « Mais… Mais… Mais… » Y a pas de mais. Je débarrasse le plancher, je plie bagage, je lève l'ancre, je lève les voiles… Bref, je redeviens un *bum*.

Sophie me saute au cou ! Elle a toujours eu un faible pour mon côté rebelle. La Mort est un peu dépitée. Pour l'instant, elle ravale… en fomentant probablement sa prochaine attaque. Peu importe. Ma belle rousse me couvre de caresses et de baisers à réveiller un mort. Si seulement je possédais le même pouvoir…

— Voyager ! Partir ! s'enflamme mon Amour.

À ces mots, les décors funestes imaginés par la Mort disparaissent enfin. Les murs de mon appartement tombent et s'ouvrent sur l'horizon. Il fait beau. Je suis avec Sophie au bord de l'autoroute. Souvenirs de voyage. Nous avions toute la vie devant nous…

— Une première auto s'est arrêtée : un taxi ! On pensait que le chauffeur voulait se moquer de nous, rigole Sophie.

— On s'est quand même approchés de l'auto.

— À chaque pas, on était sûrs que le chauffeur allait repartir, que c'était juste une farce, que le taxi voulait nous jouer un tour…

— Mais non ! Le gars a abaissé sa vitre et diminué le volume de sa radio : « Vous allez où ? » qu'il nous a demandé.

— Le plus loin possible ! avons-nous répondu en chœur. « Montez ! J'y vais moi aussi. »

— Je me suis assis devant, toi derrière. « Ça vous dérange pas si je mets un peu de musique ? »

Le chauffeur a mis une cassette d'un quelconque groupe *heavy metal*, et a monté le volume au maximum ! Il était très fier de sa radio. Il nous a avoué l'avoir eue dans une brasserie pour pas trop cher… On comprenait qu'il parlait de matériel volé. Déjà que son choix musical ne nous rassurait pas beaucoup… Il portait des petites lunettes miroir, carrées. Il avait les cheveux longs et des tatouages semblables à ceux de ses musiciens préférés. « Ouvre le coffre à gants, y a une bière pour vous deux, et passe-moi-s'en une. » Il en a avalé une grosse gorgée et a déposé sa bière entre ses jambes avant de relever ses genoux de manière à tenir le volant avec. Le taxi filait à cent cinquante kilomètres heure et notre conducteur commençait à se rouler un joint !

À ce moment, je pouvais détecter un brin de panique dans les yeux de Sophie. Moi, je me disais qu'on était là pour l'aventure, que ça commençait bien comme baptême des routes ; que c'était pas moi qui conduisais, alors si on devait se tuer bientôt, ce serait que quelqu'un ou quelque chose l'aurait décidé. Aussi bien en profiter le temps que ça allait durer. Si j'avais su…

Sophie ne partageait pas mon insouciance. Elle a prétexté une soudaine et urgente envie, demandé si on n'aurait pas pu arrêter. Le chauffeur ricanait. « Ta blonde a peur, hein ? Y a rien là. Toute est *safe*. »

— Tu riais, salaud, me rabroue-t-elle.

— Qu'est-ce que je pouvais faire d'autre ? J'avais peur, moi aussi. Mais je me disais qu'il ne fallait pas le montrer. Si les animaux sentent la peur, peut-être que c'est la même chose avec les chauffeurs de taxi tatoués jusque dans le visage. J'aimais mieux prétendre m'en amuser, au cas où l'odeur de la peur attiserait son envie de rouler encore plus dangereusement.

— Je sais… Il a fini par ralentir un peu.

Par la suite, notre *heavy metal* a éteint sa radio. Il y a eu un moment de silence où un léger malaise flottait. « Moi aussi, je suis comme vous autres, je tripe. Je fonce droit devant moi, je m'en vais nulle part et partout jusqu'à temps que j'aie plus de gaz, plus de *cash*. Je vais coucher dans mon taxi et voir jusqu'où je peux me rendre. Voir qu'est-ce qui va me lâcher en premier : le *cash*… ou la vie. » Il nous a lancé ça tout d'une traite, comme s'il y pensait depuis longtemps. Nous n'avons pas insisté pour connaître ses motifs. Tout le monde a ses raisons de souhaiter partir.

Nous avons compris que nous faisions simplement partie de son *trip*. Que nous n'étions qu'un élément de plus dans son itinéraire sans doute tumultueux. Nous nous sommes dit : pourquoi ne pas en profiter ? Nous avons donc accepté de partager son joint. Et nous nous sommes mis à rire des blagues d'un gars qui, nous le sentions, n'avait plus que ces histoires fabriquées pour sourire à la vie.

Nous avons roulé longtemps. Puis, nous avons pris le traversier. Il nous a ensuite déposés au bord de la route qui mène au Saguenay. Lui, il continuait vers le nord. Il voulait aller au bout de la route cent trente-huit.

— Et on s'est tous écriés ensemble : « *Where no man has gone before !* » dit Sophie en riant.

— *And will never come back…* raille la Mort en saisissant la réplique au bond. Tu ne pourras pas le sauver, petite connasse, avec tes histoires qui n'arriveront jamais plus. C'est moi, la réalité.

La Mort revient à la charge, plus en forme que jamais. La route, le bord du fleuve, l'horizon, tout ça a fichu le camp d'un coup sec.

Bienvenue dans la Machine.

— « Peut-être qu'un emploi de bureau vous conviendrait mieux ? » te demande la madame qui sent le parfum vendu au gallon. Elle est gentille, la madame. Elle te trouve un emploi temporaire, étant donné que tu n'as pas l'air de vouloir travailler longtemps. « C'est simple, tu vois la pile de papiers, là ? Tu les mets dans les enveloppes qui sont là. »

Ma table de cuisine devient tout à coup le théâtre d'un champ de bataille. Des milliers et des milliers de papiers et d'enveloppes apparaissent, comme autant d'ennemis à éliminer. Autour de la table, quatre personnages à l'allure vaguement humaine, écouteurs sur les oreilles, s'appliquent lentement et en silence à plier et à insérer des lettres dans des enveloppes. Il y en a tellement…

D'ailleurs, dès qu'une pile de lettres disparaît, une autre vient aussitôt la remplacer. Les automates, sans expression, répètent leurs gestes comme dans une chorégraphie apprise par cœur. Je me demande si les robots aiment tout de même leur emploi. Quand je le leur demande, pour toute réponse j'ai droit à leurs regards hébétés.

Il fait chaud comme en enfer. Les fenêtres sont fermées, il n'y a pas de climatiseur ni même de ventilateur. La raison invoquée est que les papiers pourraient s'envoler. On crève à se faire crever. Je sens que si je reste ici encore longtemps, je deviendrai comme eux, un automate. Après un moment, je n'en peux plus de ce travail routinier et débilitant. Je demande si on n'a pas une pause bientôt.

— Bien sûr, voyons, me répond la patronne. On ne veut pas vous tuer. Du moins, pas avant que vous ayez fini de mettre les centaines de milliers de papiers dans les centaines de milliers d'enveloppes. Tu peux prendre deux minutes, mais pas plus.

Aussitôt que je me lève, mes collègues s'estompent, les enveloppes disparaissent, et je réalise que je viens d'être complètement happé par un songe imaginé par la Mort. J'ai soudain très soif. J'ouvre la porte de mon réfrigérateur et j'avale une gorgée de jus de fruits à même le goulot. Je me rends bien compte que la Mort me joue des tours et pénètre mon esprit comme on entre dans un moulin, mais comment lui opposer plus de résistance ? Comment déjouer les plans d'un être surnaturel ?

Alors que j'en suis encore à me dépêtrer avec mes questions, la voilà qui revient à la charge en prenant l'aspect de ma propre mère !

— Un rebelle ? Un révolté ? On ne veut pas écouter sa mouman la Mort ? On préfère les romans d'amour ? On a déjà vu pire… dit-elle avec le sourire moqueur et triomphant de celle qui s'amuse en attendant la fin du jeu.

Je suis totalement ensorcelé par la vision de ma mère devant moi. Je ne devrais plus m'étonner des soudains changements d'apparences de la Mort, mais ils sont d'une redoutable efficacité. Mon cerveau a beau tenter de me répéter qu'il ne s'agit que d'une illusion, mes yeux réussissent à me convaincre du contraire.

C'est donc sans difficulté que la vieille femme se transforme soudain en contre-maître bourru et mal dégrossi, avec des muscles saillants et une gueule mal rasée. Elle me fait alors croire que ma salle de bains est en réalité un chantier de démolition.

— Tu vois, mon chum, ça, c'est toutes des bols de toilettes mal faites. Faut les mettre dans des boîtes. Le problème… c'est que les boîtes qu'on a sont trop petites. Fait que… ta job, c'est de les casser en morceaux avec une masse… et de les garrocher dans des boîtes. Amuse-toi !

Effectivement, je m'amuse. Je frappe partout et sur tout. Ma peine se transforme en rage. Je me défoule. Tout ce que je déteste dans la vie y passe, et à ma grande surprise, la liste n'en finit plus de s'allonger. Je suis plongé dans les eaux profondes de la colère, là où des monstres, inconnus de la science et du commun des mortels, vivent en toute impunité.

Je succombe à la haine. Je me laisse couler au fond, sans bonbonnes d'oxygène, quand je vois tout à coup une lumière poindre à la surface. Sans savoir s'il s'agit encore d'un piège, je me laisse guider vers ce point scintillant au-delà de toutes mes rancœurs. Et comme une sirène bienveillante, ma lumineuse Sophie m'aide à sortir de ces eaux troubles dans lesquelles je me suis enfoncé. À sa manière, bien sûr.

— Va chier, salope! lance-t-elle à la Mort en prenant son élan pour lui administrer une gifle digne d'un champion cogneur de coups de circuit.

Même si sa tête a failli atterrir dans les estrades populaires, la vieille femme semble ressentir peu de douleur. Elle rit en se massant la mâchoire.

— Pas grave... finit-elle par dire. J'ai bien d'autres tours dans mon sac.

Avant que la dame en noir ne mette sa menace à exécution, Sophie en profite pour m'entraîner à l'écart.

— Le bord de la route, notre voyage, tu te rappelles? Il n'y avait pas beaucoup de circulation, mais alors là, vraiment pas beaucoup. Une auto aux demi-heures. Puis il s'est mis à pleuvoir. On a enfilé chacun notre bel imperméable, nos bottes et notre pantalon. Tout ça, jaune serin.

— C'est vrai… dis-je en prenant plaisir à me le remémorer. Disons qu'on ne pouvait pas nous manquer !

— Mesdames et messieurs ! Je vous demanderais une généreuse salve d'applaudissements pour nos deux canaris des routes !

Et comme si nous y étions, nous nous mettons à danser et à chanter dans mon appartement.

I'm singing in the rain
Just singing in the rain
What a glorious feeling
I'm happy again

— On sautait comme des crapauds dans toutes les flaques d'eau, on s'envoyait de l'eau sale partout ! rigole Sophie.

— C'était le fun, mais après une heure sous la pluie, ça commençait à être moins drôle. Trois heures plus tard, il n'y avait toujours pas d'âme charitable pour s'arrêter et faire monter deux canaris tout mouillés.

— Finalement, un gros camion à benne rempli de gravier s'est arrêté devant nous ! « Voulez-vous un *lift* ? Je vous avertis, je vais pas loin. Je m'en vais chez nous. » Un coup arrivé, le chauffeur nous a invités à manger chez lui.

— On a pénétré à l'intérieur d'une étrange demeure, deux maisons mobiles raboutées. On s'est assis à la table d'une petite cuisine. Elle paraissait encore plus petite au fur et à mesure que tous les enfants arrivaient.

— Ils surgissaient de partout, comme une bande de souris réveillées par l'odeur du fromage fort, dit Sophie. Ça pullulait de petites souris ! Et il y avait toutes les mères de ces enfants, la plus grande collection de monoparentales et d'enfants illégitimes du coin.

— On mangeait des sandwiches au jambon avec des tomates fraîches du jardin. C'était tout ce qu'ils avaient dans leur réfrigérateur. Le malaise qu'on ressentait…

— « Mangez, mangez, c'est du bon manger, c'est bon. »

La pittoresque imitation de ma douce me fait me tordre de rire. Je ne sais pas pourquoi je ris tant.

— Aussitôt notre repas terminé, poursuit Sophie, nous avons déguerpi. Le spectacle de la misère généreuse nous donnait trop mauvaise conscience. Dehors, il pleuvait encore. Pas grave. Nous avions comme l'envie de souffrir un peu, pour oublier… Tous ces petits visages crasseux aux sourires déjà édentés. Paraît que la fée des dents ne passait pas souvent dans ce coin perdu. Ni aucune autre fée…

Une des nombreuses petites filles est sortie, elle tournait autour de nous. Elle a hésité longtemps puis elle a fini par me faire signe avec son minuscule doigt. Elle m'a donné un carton d'allumettes avec quelque chose d'écrit dessus. La fillette était trop jeune pour savoir écrire, elle avait dû demander à une de ses sœurs ou à sa mère. Il y avait un dessin aussi : un gros cœur avec un « je t'aime ». Je me rappelle avoir souri. Et quand je m'étais approché pour embrasser l'enfant, elle s'est enfuie avec toute la vitesse de ses petites jambes. C'était la plus belle déclaration d'amour que je n'avais jamais eue. À ce moment, je me souviens, je me suis dit que j'allais toujours garder précieusement le carton dans mon portefeuille. Quand la vie risquerait de perdre son sens, je saurais que dans mes poches il y aurait une petite fille qui me sourirait toujours… en me montrant sa seule et unique dent. Quand on essaie d'embrasser le bonheur, il se sauve parfois à toutes jambes.

Sophie et moi avons voyagé comme ça, sur le pouce, pendant deux mois. Nous avons fait le tour de la Gaspésie, du Saguenay, puis du nord de l'Ontario, avant de pousser notre périple dans les Prairies et jusqu'en Colombie-Britannique. C'est là que la chicane a éclaté entre nous. On s'était fait voler notre tente. Chacun rejetait le blâme sur l'autre. La fatigue d'un long voyage dans des conditions de survie n'avait pas aidé notre humeur.

— C'est ta faute !

— Non, madame ! C'est TA faute ! Et là, on n'a plus un rond !

— OK, monsieur ! Si t'es si brillant, dis-moi donc où on va dormir cette nuit ?

— Si tu l'avais surveillée comme il faut aussi, on aurait encore notre tente...

— Monsieur ne le sait pas, si je comprends bien. C'est ça ?

— Joue pas avec mes nerfs, toi...

— Bon... Moi, je propose qu'on aille demander des couvertures aux gens dans le camping à côté.

— Vas-y, toi !

— On va y aller ensemble, non ? Une fille toute seule...

— J'en peux plus de tout faire avec toi, de toujours être là pour m'occuper de toi, de te protéger ! Vieillis, bordel !

— OK, d'abord… Chacun pour soi.

Dans notre appartement, Sophie me sourit. Elle se souvient, elle aussi. Après le voyage, longtemps après, nous avons ri de cet épisode. Mais sur le coup, nous étions vraiment en colère.

— Notre première vraie chicane de couple, murmure-t-elle, coquine.

— Les filles… répliqué-je pour m'amuser.

— Si tu m'avais vue, ce soir-là… J'étais couchée toute seule dehors, dans le camping, avec une couverture qu'une gentille madame m'avait prêtée, et je te lançais des reproches. « Pourquoi tu me fais ça ? Espèce de macho, d'orgueilleux, d'idiot, de n'importe quoi ! J'espère que tu vas passer la plus mauvaise nuit de ta vie, sans moi, crétin. »

Je me souviens que la nuit a été froide. En jeans et en t-shirt, j'ai glissé mes bras sous mon chandail en espérant me réchauffer un peu ou au moins ne pas mourir gelé en attendant le jour. Je me suis assis, le dos contre le stand à patates frites, devant la route, à l'entrée du camping. J'étais dans un coin perdu, moi-même encore plus perdu. C'était la première nuit, depuis des mois, que Sophie et moi ne dormions pas ensemble. Pourquoi étions-nous partis, au juste ?

Tout quitter…

Qui j'étais ?

Enfant, je n'avais jamais rêvé de devenir policier ou pompier. Pas plus que je n'ai désiré, plus tard, étudier en informatique ou en administration, comme les orienteurs me le conseillaient. Je souhaitais seulement être moi-même.

Cette nuit-là, la lune est devenue une immense pièce de monnaie argentée que j'aurais voulu lancer dans les airs… Pile ou face ? Je m'étais toujours cru investi d'une mission. Je ne savais simplement pas laquelle. J'attendais l'appel… Mais cette nuit-là, tout ce que j'entendais, c'était moi qui criais à me faire éclater les poumons ! Même les poissons ont arrêté un instant de forniquer.

Le lendemain matin, Sophie est venue me rejoindre. J'étais encore assis dans la même position. Mais tout avait changé… Pour elle aussi.

— J'avais réfléchi, dit Sophie. Je voulais aller en Californie, et après au Mexique. Toute seule… J'en avais besoin.

— Moi aussi, j'avais réfléchi… Mais là… je te voyais devant moi et… je ne savais plus…

— Ce matin-là, même avec des mots pleins de trous, je savais ce que tu brûlais de me dire.

— J'ai ouvert la bouche… mais tu m'as embrassé pour me clouer le bec.

— On s'était promis qu'on ne se le dirait jamais, que jamais on ne s'enchaînerait.

— Tu m'as encore embrassé…

— Peut-être que pour cette fois, on aurait pu faire une exception ?

— Une promesse est une promesse, dis-je, complice.

Nous savions, à ce moment-là de notre long voyage sur le pouce, que nous allions nous quitter. Pas amoureusement, seulement physiquement. Ma tête le savait, mais mon corps refusait d'entendre raison. J'avais fait provision de caresses et de baisers et je les avais cachés, espérant les retrouver comme un écureuil cherche ses réserves l'hiver venu. Malgré tout, je ne pouvais me résoudre à la laisser partir, même si je savais qu'il le fallait.

— Reviens avec moi à Montréal. Je vais me mettre à peindre, sérieusement. Toi, tu pourrais essayer de te faire publier. Je suis sûr que ça marcherait.

— Je n'ai pas encore fini mon voyage…

— Quand ?

— …

— Quand ?

— Je ne sais pas… Et puis, je ne suis pas comme toi, Jules. Je n'ai pas besoin que le monde me reconnaisse pour savoir que j'existe ! a-t-elle répliqué de façon cinglante.

Sophie avait voulu mettre un terme à la discussion, et elle avait choisi la méchanceté pour m'éloigner d'elle. À regret, sans doute… Elle avait probablement eu peur de céder si elle avait agi autrement.

Nous nous sommes laissés comme ça, comme des enfants boudeurs. J'ai mis mon sac sur mon dos et je suis parti, droit devant moi. Je ne me suis même pas retourné une fois. Je marchais et tout ce que j'avais dans la tête c'était : « Je t'aime, bordel ! Je t'aime ! Un jour, je vais le crier tellement fort dans le Grand Canyon de tes oreilles que tu vas en entendre l'écho toute ta vie ! »

Tentation

L'évocation de ces souvenirs de voyage, à la fois heureux et douloureux, me trouble. Mon cœur et mon ventre me font mal. J'entends un faible bruit, une sorte de sifflement quasi imperceptible. Puis le bruit s'intensifie. Rapidement. Mes mâchoires se crispent et je sens bientôt poindre les symptômes d'un puissant mal de tête. Le vacarme devient si assourdissant que j'ai envie de me cogner la tête contre un mur pour le faire cesser. On dirait qu'il occupe tout l'espace autour de moi. Ce n'est d'ailleurs plus un sifflement, mais le cri de dizaines de sirènes d'ambulance qui m'assaille. Les événements de la soirée d'anniversaire me reviennent brutalement en mémoire.

Sophie est partie de son côté durant notre voyage sur le pouce, toutefois je savais que je la reverrais. Elle avait toujours été difficile à retenir, mais il fallait que je la laisse aller si je voulais qu'elle revienne… Elle était un esprit libre. Hier soir, cependant, quand elle est partie, c'était pour de bon…

Je me roule en boule dans mon lit, espérant que les bruits s'estomperont d'eux-mêmes. Je ne sais pas quoi faire pour les arrêter. J'ai beau plaquer mes mains contre mes oreilles, c'est inutile. Je suis en train de devenir fou ! L'ambulance, Sophie et tout ce qui est arrivé la veille, tout ça se mélange dans mon esprit.

C'est à ce moment, bien sûr, que la Mort choisit de réapparaître. Contrairement à son habitude, elle n'a cette fois revêtu aucun costume pour me tromper. Dans l'état où je me trouve, je suis une proie facile. Il n'y a qu'à se baisser…

— Si on jouait à un petit jeu ? Le bonhomme pendu, hein ? Je te donne un mot, un mot de quatre lettres à deviner, et chaque fois que tu en manques une, tu fais un pas de plus vers la pendaison. C'est facile, non ? Ça te va ? Allez, on commence. Dis-moi une lettre.

— E, lâché-je, morne et résigné.

— Bien, très bien. Tactique des plus logiques, mais cette fois-ci, non, il n'y a rien de logique dans mon jeu. NOOOOOOON ! Non. Pas de E. Tu sais ce que tu as à faire ? Oui, c'est ça, tiens, prends la corde. Voilà, merci.

Je saisis la corde que la vieille femme en noir me tend. Aussitôt, je la sens me glisser des mains. Sophie a agrippé l'autre extrémité.

— Jules, mon amour, non. N'embarque pas là-dedans. Tu t'éloignes. Tu m'éloignes.

— Aaaaah ! soupire la Mort. Elle ne peut pas nous laisser jouer tranquillement, elle ? Une autre lettre, chou ?

— A.

— Hum, téméraire ! Mais encore trop logique. Non, non, non, pas de A dans le mot mystère. Prochaine étape, cher condamné à mort de mon cœur : tu prends une chaise. Oui, c'est ça… Mon doux que tu es obéissant. C'est vraiment chic de ta part. À moins que tu sentes la fin ? Sens. Sens, bon chien, va, bon chien. Sens ! Sens ! Va chercher, va chercher ! Va chercher la mort… Une autre lettre ?

— P.

— P ? P comme dans perdant ? s'esclaffe la dame sombre, hystérique.

Sophie a beau tenter d'attirer mon attention, de me ramener à elle, je suis sourd à ses appels, même les plus fous.

— Jules, si je pouvais, je prendrais ton sexe dans ma bouche pour te ramener à la vie.

— Franchement, ma chère… se moque la Mort. On dirait une héroïne désespérée sortant d'un scabreux et mauvais roman Harlequin ! Bon, ce n'est pas tout, ça. Nous avons un jeu à terminer et moi, une vie à prendre. Allez, monsieur, on monte sur la chaise. Très bien. Tu fais des progrès remarquables, splendides même ! J'adore jouer avec toi. Dommage que ce ne soit pas pour très longtemps. On se reprendra bien, allez, souris. Mais oui, mamie va jouer avec toi quand tu seras mort, promis. On aura d'ailleurs tout le temps du monde pour s'amuser, tu verras, ça va être fantastique, juste nous deux. Tra la la lalère, tra la la lalère !

La vieille folle danse autour de moi, triomphante. On dirait une gamine de mille ans. Je regarde le spectacle sans envie d'applaudir, résigné. Sophie se glisse à mes côtés et, sur la pointe des pieds, elle me souffle :

— Si seulement le soleil pouvait se lever sur mes mots d'amour et les faire grandir jusqu'à toi.

— Bon, un tournesol, maintenant... raille son adversaire. Une autre lettre, petit Jules ?

— La mort te crie trop fort dans les oreilles, Jules. Tu ne m'entends plus... Dessine, peins, crie ! Crie plus fort qu'elle ! Crie !

— NOOOOOOOOON !

— Non ? Ce n'est pas une lettre, ça, non ! s'étonne la Mégère.

— Je ne veux pas jouer à mourir.

— Je désirais simplement te rendre la chose plus amusante, dit-elle en souriant, mais si tu préfères mourir tout de suite, c'est comme tu veux. Moi, je suis tout à fait prête à respecter tes dernières volontés, enfin, ce qu'il te reste de volonté, si tu vois ce que je veux dire...

— Si je trouve le mot...

— Non, Jules ! s'écrie Sophie. Ce n'est pas un jeu !

— Si je trouve le mot, est-ce que j'aurai une chance de m'en sortir, de m'en sauver ?

— Pas éternellement, bien sûr. Temporairement. Le temps est relatif, mais la mort, ce serait plutôt… effectif, tu comprends ? Donne-moi une lettre, pour commencer, ou en finir, c'est selon le point de vue, et tu verras…

— Je ne sais plus quoi faire pour toi, mon amour, geint Sophie. Elle t'aveugle…

— B.

— Non. Maintenant, tu accroches la corde à un endroit solide, fixe comme la certitude de ton destin. C'est ça, un beau crochet pour plante suspendue. Tu ferais une belle décoration, tu sais. Avant que quelqu'un te découvre, tu vas bien tourner au vert tirant sur le bleu. Couleur magnifique, enivrante ! Ça irait très bien avec mon couvre-lit. Ben quoi, ce n'est pas parce qu'on est mort qu'il faut négliger sa décoration intérieure ! Je suis une grande collectionneuse de cadavres-plantes suspendues. J'en ai de toutes les teintes ! Mais il n'y a pas seulement la couleur, il y a l'expression sur le visage de la plante. Alors, quand tu mourras, arrange-toi pour avoir une belle expression, une espèce de sourire niais. J'adorerais. N'oublie pas, force-toi un peu. Souris ! Une autre lettre, mon cher concurrent ?

— Jules ! Tes dessins de moi s'effacent ! s'affole Sophie.

— I.

— I. Hi, hi, hi ! Hi… non. Maintenant, tu te passes la corde autour du cou. On approche ! On approche ! Comme c'est amusant, tu ne trouves pas ?

— Tu n'as pas le droit, espèce de salope ! rage Sophie.

— La mort a tous les droits. Mesdames et messieurs, nous sommes maintenant rendus à l'avant-dernière étape, avant le moment crucial, le dernier round avec le destin. Les pugilistes se sont observés tout le long du combat, la foule s'impatiente, elle veut voir qui a le plus puissant uppercut. Tous les coups sont maintenant permis, on vient tout juste de changer les règlements, pas de problème, on a même tué l'arbitre pour que ce soit plus facile ! De l'action, de l'action, mesdames et messieurs ! Attachez bien votre hot dog, il pourrait revoler dans la dernière rangée quand la victoire va arriver. Vous allez tous bondir de votre siège ! Hourra ! Hourra pour le grand champion vainqueur et tenant du titre : la Mort ! Une dernière lettre, mon cher ami ?

Dans une ultime tentative pour éviter l'inévitable, Sophie s'élance vers notre bibliothèque et s'empare d'un recueil de poèmes de Baudelaire. Nous aimions en réciter des extraits tandis que nous célébrions la vie autour d'une bonne bouteille. C'était l'un des seuls luxes que nous nous permettions et il nous semblait indispensable.

Sophie tourne autour de moi, lisant le recueil comme si elle prononçait une formule magique.

Enivrez-vous

Il faut être toujours ivre. Tout est là : c'est l'unique question. Pour ne pas sentir l'horrible fardeau du temps qui brise vos épaules et vous penche vers la terre, il faut vous enivrer sans trêve.

Mais de quoi ? De vin, de poésie, ou de vertu, à votre guise. Mais enivrez-vous.

Et si quelquefois, sur les marches d'un palais, sur l'herbe verte d'un fossé, vous vous réveillez, l'ivresse déjà diminuée ou disparue, demandez au vent, à la vague, à l'étoile, à l'oiseau, à l'horloge, à

tout ce qui fuit, à tout ce qui gémit,
à tout ce qui roule, à tout ce qui chante,
à tout ce qui parle, demandez quelle
heure il est ; et le vent, la vague, l'étoile,
l'oiseau, l'horloge, vous répondront :
« Il est l'heure de s'enivrer ! Pour n'être
pas les esclaves martyrisés du Temps,
enivrez-vous ; enivrez-vous sans cesse !
De vin, de poésie ou de vertu, à votre
guise. »

Je descends de la chaise, j'ôte la corde autour de mon cou. J'ai maintenant l'humeur plus joyeuse, je me suis saoulé de Sophie. La vie me semble retrouver un sens. Et pour une rare fois, je ris au nez de la Mort.

Je n'aurais peut-être pas dû…

Tandis que la vieille femme en noir y va d'un dernier assaut, je perçois les bruits d'une sirène d'ambulance à travers ses chuintements.

— Vous pensez m'avoir battue, mes deux petits poètes à cinq sous ? persiffle la Mort. Tu penses que tu as gagné, Jules, pour toujours ? Non, mon tendre ami, oh non ! Tu ne peux pas gagner contre moi. Tu es une bombe vivante. Ton cœur est un détonateur tout déréglé, tu ne sais pas quand il va te faire sauter. Pense à ça… Pense au manque de sommeil, pas capable de dormir, trop nerveux, trop angoissé. Plus capable de peindre, plus capable de trouver une couleur, elles vont toutes se mélanger en une seule. Noir… De toute façon, tu ne voudras plus dormir : des cauchemars, des cauchemars. Tu vas regarder la télé toute la nuit, toutes les nuits. Tu vas vivre le jour comme un zombie, épuisé, à la recherche d'un peu de paix… que tu ne trouveras jamais. Parce qu'au fond, tu es tout seul, sans amour, et tu vas toujours le rester. À quoi bon continuer ?

— Non, intervient Sophie. Il n'est pas seul.

— Vraiment ? Tu es bien naïve.

J'ai été tellement aveuglé par mon chagrin que j'avais oublié… Je voulais mourir pour retrouver Sophie. Quel idiot !

— Tu m'as peut-être enlevé Sophie, dis-je, mais tu ne m'as pas tout pris.

La Mort accuse le coup. Mais elle n'a pas dit son dernier mot. Je le sais trop bien.

— Je vais revenir… et ce sera en voiture de l'année !

Le son de la sirène s'estompe alors que la vieille femme disparaît dans un bruit de pneus qui crissent.

Je regarde Sophie. Elle devine mon inquiétude.

— Ne t'en fais pas, me dit-elle. Les infirmières et les docteurs vont bien s'en occuper. Elle a encore besoin de soins… et toi aussi.

Le retour

Je crains que toute victoire sur la mort soit bien relative. Peu importe le nombre de médailles que l'on récolte dans ce genre de combat. On remporte une bataille, jamais la guerre. Néanmoins, il y a une décoration que je suis fier d'avoir mérité aujourd'hui, enfin je crois : celle du courage. Dieu sait combien il m'en faudra pour surmonter l'absence de Sophie durant les prochains jours, les prochains mois, les prochaines années…

Le seul moment où nous avons été séparés dans notre vie, c'est quand elle m'a quitté durant notre voyage.

Elle est partie pendant un an.

Une année complète loin de moi.

Lorsqu'elle est revenue, elle n'était plus la même. En arrivant, elle m'a téléphoné du terminus d'autobus, comme si on s'était parlé la veille. Mais quelque chose avait changé, jusque dans sa voix. J'étais toutefois si heureux de l'entendre que je bondissais partout dans mon minuscule appartement. J'ai voulu aller la chercher au terminus, mais elle disait que ce ne serait pas nécessaire, qu'elle allait sauter dans le métro et arriver bientôt. Après avoir raccroché, je m'en suis terriblement voulu de ne pas lui avoir offert de payer un taxi. Je ne sais pas pourquoi je n'y ai pas pensé, j'étais trop énervé. Nos retrouvailles auraient été plus rapides.

J'ai fait les cent pas autour de mon futon en l'attendant.

Une demi-heure plus tard, trois petits coups ont enfin résonné contre ma porte. J'ai ouvert et nous nous sommes sautés dans les bras, comme on saute dans le vide, et nous avons atterri dans mon lit. Comme un aveugle, j'ai laissé mes mains parcourir son corps afin de m'assurer que c'était bien elle. Mes mains la reconnaissaient, mes yeux,

eux, en étaient moins certains. Ils cherchaient celle qu'ils avaient connue.

Durant tout le temps qu'elle avait passé en voyage, j'étais presque devenu fou à tenter de deviner ce qu'elle vivait de si important, si loin de moi. Je me demandais tout le temps si elle avait rencontré des gens, des gars… Je l'avais attendue comme un apôtre espère le retour du Christ. M'avait-elle été aussi fidèle ? Elle m'avait envoyé des cartes postales. Des petits mots de rien du tout. « Il fait beau, je suis bien, à bientôt. »

De mon côté, durant cette séparation, j'avais préparé une série d'installations sur le manque. Mon appartement en était plein. J'avais fabriqué un mannequin, qui la représentait, couvert de cartes postales et de toutes les lettres écrites en rouge sang que je n'avais pas pu lui envoyer, faute d'adresse. Un homme gisait à côté avec un stylo à plume qui se désagrégeait dans sa main. Au bout de la plume, par terre, une flaque rouge. Et cet homme était nu, transpercé par des stylos à plume qui puisaient leur encre à même ses veines. Ma deuxième installation préférée occupait tout un mur de mon appartement et représentait un immense calendrier. Sur chacune des cases, il y avait une boîte aux lettres, trente et une boîtes aux lettres en tout. Ça s'intitulait : L'attente. J'invitais le visiteur à regarder à l'intérieur de chacune. Jusqu'à la trentième boîte aux lettres, chacune contenait des circulaires, des comptes, du courrier poubelle, et dans la dernière, tout en bas, il n'y avait rien. En dessous, une poubelle avec une lettre froissée dedans. On distinguait très clairement cinq mots.

« Je ne t'aime plus… »

À l'écoute de ces souvenirs, le fantôme de Sophie vient me prendre dans ses bras. Elle me caresse les cheveux du bout des doigts.

— Nous étions dans ton lit quand j'ai soudain remarqué toutes tes installations. Je n'avais pas fait attention en arrivant, trop pressée de nourrir mon corps du tien. Je regardais tout ça et… j'avais peur. Tant de passion destructrice, ce n'était pas l'idée que je m'étais faite de l'amour. Je croyais que tu étais devenu fou… Je me sentais mal à l'aise à l'idée que j'aie pu être à l'origine de tant de souffrances. Je ne savais pas quoi faire avec toi. Trop de pression sur mes épaules… Je n'avais pas la force de devenir une œuvre d'art, figée à jamais. Il fallait que je sois franche avec toi. Il fallait que je brise le moule dans lequel tu m'avais enfermée.

— Pendant ton absence, j'avais pratiqué l'abstinence comme un dévot. Pas toi. Et loin de là...

— Calmement, je me suis mise à te raconter les aventures que j'avais eues, avec tous les détails. Et tu es devenu complètement enragé... Tu criais, tu hurlais, tu démolissais toutes tes œuvres. « Tu ne veux pas que je t'aime, c'est ça ? Eh bien, tu n'existeras plus alors, plus nulle part ! » Je te regardais faire sans broncher. Quand tu as fini par t'épuiser à presque tout détruire, tu m'as fixée froidement, sans expression. « Il ne reste plus que toi... » m'as-tu lancé.

— Je me souviens très bien de ce que tu m'as dit avant de te lever et de partir : « Non... Il ne reste plus que toi à détruire. »

Je revis le triste épisode comme si j'y étais.

Je me retrouvais tout seul devant mon massacre. Tourmenté. Honteux. J'avais agi comme une bête sauvage prise au dépourvu. J'étais trop défait, trop en colère pour pleurer. Mes œuvres gisaient sur le plancher comme des corps blessés. Elles sanglotaient à ma place.

Une fois que Sophie a été partie, je n'ai plus eu qu'une idée : je voulais savoir si un de ses amants de passage n'était pas caché dans ses bagages. Je sais, c'était idiot, mais c'était plus fort que moi. Le monstre de la jalousie me rongeait, me dévorait l'intérieur et me sortait par les yeux. Je ne voyais plus clair…

Elle devait probablement être allée chez ses parents. Je me suis donc rendu à leur domicile en sachant que la porte arrière était facile à forcer. En entrant dans la cuisine, j'ai fait un bruit d'enfer en m'enfargeant dans la litière du chat. Ç'a réveillé Sophie.

— Il est où ? Hein ! Il est où ?!

— Qui ça ? Qu'est-ce que tu cherches, Jules ?

— Te moque pas de moi, tu le sais !

— Tu cherches mon amant ? Mais voyons, il est en dessous de mon lit. C'est toujours là qu'ils se cachent, les amants, non ?

Le pire, c'est que je suis allé voir… Je me souviens m'être senti aussi ridicule qu'un poisson rouge dans un verre d'eau.

— T'es contente parce qu'il n'est pas là ! Mais je le sais ! Je le sais que tu as quelqu'un d'autre !

— Mais de quoi tu parles ? C'est toi que j'aime ! Il n'y a jamais eu personne d'autre dans mon cœur !

— C'est ça, oui…

— Tu penses sérieusement que je suis tombée en amour avec d'autres gars ?

— Pourquoi tu as couché avec eux, alors ?

— Tu ne comprends pas…

— Tu avais envie de savoir si ça valait vraiment la peine d'être avec moi ?

— Arrête, Jules…

— C'était juste pour comparer ?

Sophie ne voulait plus discuter. Elle me poussait de toutes ses forces vers la porte.

— Va-t'en ! T'es fou, t'es malade ! Va te faire soigner ! Sors d'ici, je ne veux plus te voir !

— Très bien, chérie, très bien… Je vais m'en aller. Pas obligée de me pousser. Mais ça ne sera pas sans te laisser un souvenir. Quand tu te regarderas dans le miroir demain matin, tu penseras à moi.

Je lui ai craché au visage… et je suis parti.

Con comme la lune.

Dans notre appartement, Sophie me tient les mains, comme si elle s'apprêtait à me confier un secret.

— À ce moment-là, j'ai eu l'impression qu'il me faudrait essuyer ce crachat tous les jours de ma vie. Comment allais-je te faire comprendre que je t'aimais plus que tout au monde ? Que si j'étais partie pendant tout ce temps-là, c'était pour être certaine de ça, de moi, du monde, de la réalité, de l'avenir ? Je ne voulais pas te donner des mots, des sons. Je ne voulais pas te faire de déclaration sous serment, prononcer des vœux ou m'engager. J'avais seulement mon corps à t'offrir en promesse et le désir comme ange gardien. Je ne savais plus quoi faire de mes sentiments. Comment allais-je faire pour t'oublier ? Toi, que j'avais demandé au temps de préserver ? Pourquoi tu ne comprenais pas ? Comment l'amour pouvait-il être si fort, si bon, si beau et ensuite dégénérer en obsession aussi morbide… Puis, le téléphone a sonné. Longtemps. Il s'est arrêté, puis a rugi encore. Je laissais la bête s'égosiller. Je savais que c'était toi qui hurlais.

— Comment ai-je pu être aussi stupide…

Je me revois à l'autre bout du fil, je me tenais en équilibre au-dessus du vide. Je voulais m'excuser, juste lui parler. Sophie ne répondait pas… Les sonneries, les sonneries, les sonneries se répétaient et se répétaient… Des coups de cloche qui m'assommaient comme un boxeur écroulé dans son coin, attendant qu'on lui annonce la fin. J'étais assis au fond de la cabine téléphonique, l'appareil me pendait au-dessus de la tête. Je marmonnais tout seul. Je ne me comprenais plus. Je ne la comprenais plus. Je ne comprenais plus rien. Il n'y avait plus rien à comprendre. Il n'y avait plus rien. Rien. Rien que moi avachi dans l'urine d'un itinérant, dans la merde de chien, dans les journaux avec leurs morts en première page. Je regardais le gazon pousser, les pigeons se faire écraser. La police m'a demandé de circuler. « Mais je ne fais que ça, monsieur l'agent ! Je circule, je circule, je tourne en rond. » Je suis finalement parti chez moi, les yeux collés au bout de mes souliers. Je me laissais guider par mon ombre. Le plus dur serait de me mettre à la détester. Ça faisait tellement longtemps que je l'aimais. J'essayais de lui trouver plein de défauts, plus horribles les uns que les autres. Ça devenait presque agréable !

Tout ce qui me répugnait dans le monde se retrouvait concentré dans une seule personne. Centrer sa haine, c'était ça, le secret du bonheur. Jusqu'à ce que Sophie vienne frapper à ma porte…

— Va-t'en ! me suis-je écrié.

— Laisse-moi entrer, Jules.

— Va-t'en !

— Je veux te voir.

— Je t'enverrai une photo.

J'ai entendu la poignée tourner.

— Je veux te parler, dit Sophie en entrant.

— J'aurais dû fermer la porte à clé…

Sophie se tenait sur le seuil, incertaine. Je m'efforçais de ne pas la regarder.

— Je veux seulement qu'on se parle.

— On n'a plus rien à se dire. Tu me déranges, je travaille.

Pour la fuir, pour ne pas lui succomber, en fait, je me suis précipitamment dirigé vers la cuisine. Mais elle m'a suivi. Elle a bien vu qu'il n'y avait rien pour peindre dans la cuisine…

— Ah oui ! Et à quoi tu travailles ?

— À te détester.

— Et ça marche ?

— Je m'en viens pas mal bon…

— Heureuse de constater que tu es toujours aussi perfectionniste.

Je suis retourné au salon. Notre discussion devenait un jeu du chat et de la souris. L'appartement était trop petit, il n'y avait pas d'endroit où me cacher.

— Va-t'en. C'est pourtant simple, ça : va-t'en. Je ne veux plus te voir. Je ne veux plus te voir la face, je ne veux plus te voir les pieds, je ne veux plus te voir les ongles, je ne veux plus te voir le poil des bras, je ne veux plus te voir les oreilles, je ne veux plus te voir de dos ni de côté, je ne veux plus te voir. C'est clair ?

Sophie ne m'écoutait pas.

— Et si je m'approche de toi…

Elle passait ses mains sur ma poitrine.

— Non, lâche-moi !

— Encore plus près…

Ses doigts frottaient mes cuisses.

— N'essaie même pas.

— Et si je me colle contre toi… si je t'embrasse… dans le cou, comme tu aimes ?

— J'ai dit : je ne veux plus te voir. Ça inclut aussi tes fesses !

— Jules…

— …

— Jules.

— Quoi ?

— Je veux qu'on se chicane, qu'on se dispute, qu'on se crie après comme des enragés, qu'on se frappe, qu'on se fasse mal. OK ?

— C'est rien que ça qu'on fait…

— Et après… je veux qu'on fasse l'amour, mon Jules.

— Non !

— Chut… chut… Et pendant… je veux qu'on fasse un enfant.

— Je te déteste, Sophie… Je te déteste tellement…

— Moi aussi.

De quelle couleur est la lumière?

Des couples essaient de faire un enfant pendant des mois, sinon des années. Nous, c'est arrivé le soir même. Deux mois plus tard, Sophie n'avait pas encore eu ses règles. Je la revois s'enfermer dans les toilettes pour passer le test de grossesse. Elle en est ressortie en brandissant le bâtonnet sur lequel une croix rose indiquait les premiers jours de notre enfant à naître. Jusqu'à cette confirmation, nous n'avions rien dit à personne, et surtout pas à nos parents. Nous redoutions leurs réactions. Je ne sais pas s'ils jouaient bien la comédie, s'ils cachaient bien leurs inquiétudes, mais toujours est-il qu'ils ne nous ont adressé aucun mot de reproche. Au contraire. On lisait de la fierté dans leurs yeux. J'ai même cru déceler un changement d'attitude de mes parents à mon égard. Leur perception de moi n'était plus la même. Cet enfant à venir représentait mon entrée dans le monde adulte. Enfin, nous aurions quelque chose en commun. Enfin, je comprendrais ce qu'eux avaient vécu avec moi. Les bonheurs, les joies, mais aussi les responsabilités et les sacrifices. J'avais l'impression qu'ils en retiraient un malin plaisir…

Ce retournement de situation dans ma relation avec Sophie était quand même étonnant. Je n'aurais pas cru qu'après un an d'absence, elle voudrait avoir un enfant avec moi dès son retour. Au fond, c'était aussi inattendu qu'inévitable. Malgré le bonheur qui nous submergeait, je ne tenais rien pour acquis. La maternité avait beau l'avoir rendue plus sereine, ça m'était difficile d'oublier qu'elle pouvait bien, du jour au lendemain, décider de partir. Je vivais avec cette crainte latente, mais je n'aurais jamais imaginé que la mort serait la cause de son départ.

Sophie avait la grossesse heureuse, mais difficile. Les maux de cœur et les nuits blanches se succédaient. Je n'aimais pas voir ma belle souffrir. Même quand notre petite crevette, comme nous la surnommions, donnait des coups dans le ventre de sa maman. Cela ravissait Sophie et elle courait chaque fois me prendre la main afin que je sente notre enfant bouger. C'est qu'elle frappait fort! Mais Sophie encaissait la douleur avec le sourire en disant que sa fille avait déjà le caractère de sa mère. Elle ne se laisserait pas marcher sur les pieds.

Je repense à tout ce qui a mené à cet événement fatidique de la soirée d'anniversaire. J'ai beau lui chercher un sens, je n'en trouve pas. Qu'avons-nous fait pour mériter ça?

Je ferme les yeux.

Aussitôt, des images de la soirée d'hier se jettent sur moi.

Après le souper au restaurant, pour célébrer son anniversaire, nous marchons dans les rues animées du centre-ville. Sophie n'en est qu'au huitième mois de sa grossesse et soudain de fortes contractions l'assaillent. Nous avons à peine l'âge d'être des adultes. J'ai peur. Pour le bébé, pour elle. Et si je veux être bien franc, je crains surtout pour moi.

J'imagine le pire… Elle semble tellement souffrir. Elle crie et crie, elle a si mal. Tous les passants nous regardent. Elle tente néanmoins de me rassurer entre deux assauts de douleurs.

— C'est normal… C'est normal… C'est normal…

Sa voix me parait si réelle. J'ouvre les yeux. Assise dans le lit, à moitié nue, elle me murmure : « Continue… »

Je m'en sens incapable.

Pourquoi faut-il que je ressasse tous ces souvenirs ? Pourquoi, moi, suis-je toujours en vie ?

— Continue… Pour moi. Pour elle, me souffle Sophie.

Elle se lève et me prend la main. Je m'abandonne à elle. À son simple contact, je me retrouve instantanément dehors, comme la veille.

Nous marchions pour tenter de calmer ses douleurs. Le bébé lui donnait plus de coups que d'habitude, comme si elle avait essayé de nous avertir de quelque chose… Je voulais retourner tout de suite à la maison en taxi. Là, Amour aurait pu se faire couler un bain chaud, que je lui avais dit, mais elle ne voulait rien entendre. Prendre l'air lui ferait du bien, avait-elle prétendu.

Finalement, Sophie avait eu raison, ses douleurs s'étaient dissipées tandis que nous avancions. Mais elles étaient néanmoins encore présentes. Nous progressions lentement, à petits pas. Je la tenais par la main et je la sentais se crisper à la moindre douleur. Elle m'a avoué qu'elle avait mal comme aucun homme ne pourrait jamais le ressentir, et que ça la rendait heureuse.

— Je te l'ai toujours dit que tu étais folle.

— Oui…

À ce moment, sa main a presque brisé la mienne.

— Ça va ? me suis-je inquiété.

— Oui, oui… Je suis avec toi.

— Ça va parce que tu es avec moi ? Je ne comprends pas…

— Il n'y a rien à comprendre. Je suis juste heureuse d'être avec toi. Et même si j'ai mal, je pense que je n'ai jamais été aussi heureuse. Je pense même que… Je pense même que je t'aime.

— Tu es certaine ? ai-je lancé en souriant.

— Pour la vie !

— Je te l'ai toujours dit que tu étais folle…

— Je suis en train d'essayer de te faire la plus belle déclaration d'amour du monde et…

— Chut… l'ai-je coupée. Moi aussi, je tut… Je tut tut… Je…

— Niaise pas ! Dis-le-moi ! s'est-elle écriée, soudain sérieuse.

— Je tut tut… Je t'ai… Je t'aiaiai…

— T'es pas fin ! m'a-t-elle reproché en me donnant un coup de coude bien senti.

— Comme si tu ne le savais pas. On a vingt ans, ça fait huit ans qu'on se connaît et c'est la première fois que tu veux, que dis-je, que tu *exiges* que je te le dise avec des mots !

— Tu ne me l'as pas encore dit…

— Je t'aime. Je t'aime, ma maudite folle d'amour !

Et comme des enfants, nous nous sommes mis à rire et à danser en criant à la lune, aux étoiles et aux galaxies : « Je t'aime, je t'aime, je t'aime ! On s'aime, on s'aime, on s'aime ! » Interrompant notre douce folie romantique, le bébé a donné un gros coup, comme quelqu'un qui sonne l'alarme. Du bout de la rue, on a entendu une voiture tourner le coin à toute vitesse en faisant crisser ses pneus.

Elle s'approchait de nous rapidement. Une musique d'enfer émanait de l'intérieur. Soudain, une des vitres s'est abaissée et nous avons à peine eu le temps de voir une main apparaître. Elle nous a envoyé des signes que nous ne comprenions pas, comme si elle nous avait salué. Ce n'est qu'une fois la voiture rendue à notre hauteur que nous avons pu distinguer que la main tenait un revolver…

BANG !

— Ton bras est plein de sang, m'a murmuré Sophie, la voix presque éteinte.

Mais ce n'était pas mon sang.

— Amour !

La voiture s'est éloignée aussi rapidement qu'elle était apparue. Je ne savais pas encore que le crissement des pneus était en fait le rire perçant de la Mort.

Je ne sais pas où j'ai puisé cette force surhumaine. J'ai pris Sophie dans mes bras et j'ai couru jusqu'à une cabine téléphonique. J'ai appelé une ambulance. Ils voulaient des explications…

— C'est une urgence ! UNE URGENCE ! C'est ma blonde, comprenez-vous ça !

Les ambulanciers sont arrivés aussi vite que possible. Mais pas assez.

Ils ont mis la sirène au maximum. Ils roulaient vite comme dans les films. Le gars essayait de s'occuper de Sophie. « Je t'aime. » On est arrivé à l'urgence, on est passés devant de tout le monde, pour une fois. Je criais : « Pensez-vous vraiment qu'on a le temps de s'inscrire ! Arrangez-vous ! » « Je te suis, mon amour, je te suis. » Je ne voulais pas te perdre, je ne voulais pas te perdre, mon amour… Le médecin m'a dit qu'ils n'avaient pas le choix. Ils allaient provoquer l'accouchement. Ils voulaient sauver le bébé. Au moins, qu'il a dit. Au moins… Il ne l'a pas dit fort. Il ne l'a pas dit pour moi.

— J'ai mal ! hurle Sophie dans un sursaut. J'ai mal ! Donnez-moi quelque chose pour arrêter ça ! Donnez-moi quelque chose !

J'aurais voulu tout lui donner, tout me donner. L'infirmière lui a fait une piqûre. Je ne savais pas ce que c'était. Je ne demandais plus rien. Seulement qu'elle vive. Je lui tenais la main. Son sang coulait dessus. Ils voulaient que je sorte. « NON ! Il n'en est pas question ! Je reste ! » Je suis resté, je voulais rester… jusqu'à la fin, jusqu'au début…

Le travail commençait. Ça allait vite. Sophie criait, elle n'arrêtait pas de crier. «Pourquoi elle crie? Pourquoi elle crie tant que ça? Enlevez-lui la balle! Enlevez-lui la mort!» Personne ne me répondait… Il y avait juste l'infirmière qui me regardait comme on regarde un chaton perdu miauler sur un balcon.

Ses contractions étaient rendues aux deux minutes. J'étais tellement épuisé. Je me demandais comment elle faisait. Une minute de contractions, à forcer, à devenir rouge, rouge comme la passion de vivre, rouge comme le sang… rouge comme la colère que j'ai contre la mort. Juste deux petites minutes pour se reposer. À intervalles réguliers, comme la lune qui se viderait de sa lumière et redeviendrait pleine, toutes les deux minutes, pendant une seule nuit.

Je ne comprenais pas où elle pouvait puiser toute sa force. J'étais fier d'elle. Elle était la plus belle. Si les mots pouvaient ramener la vie…

Tout à coup, le moniteur cardiaque s'est mis à faire des siennes. La ligne des pulsations ressemblait à une signature d'illettré, aux courbes d'un tremblement de terre. La terre tremblait. Je la sentais en dedans de moi.

— Non... Ne t'en va pas... Reste, mon amour, reste... Tu n'as pas le droit de me faire ça ! Tu n'as pas le droit de nous faire ça ! Maudite chienne de mort ! Pourquoi ? Pourquoi ? POURQUOI ?

Je n'entendais pas ce que les médecins et les infirmières se disaient entre eux. Ils voulaient encore que je sorte.

— Laissez-nous faire notre travail en paix.

En paix ? En paix ! Ça aurait pris une armée pour me sortir de là.

— On va essayer de sauver le bébé, on ne garantit rien.

— Sauvez ma blonde, bordel !

Ils n'ont pas compris.

Je pense qu'ils n'ont pas compris. Ça doit être ça qui est arrivé...

Le bébé est sorti. Une belle petite fille. Sophie n'a pas eu le temps de la voir. Ils étaient quatre ou cinq autour d'elle à lui envoyer des décharges électriques pour la réanimer.

— Sauvez-la ! Sauvez-la...

Je sais qu'ils ont tout essayé. Je le sais…

J'aurais souhaité que Sophie soit la Belle au bois dormant, qu'il suffise d'un baiser…

Tout le monde voulait sortir. Ils ne savaient pas quoi dire. Je lui tenais encore la main.

— S'il vous plaît, laissez-moi seul avec elle.

Je ne pouvais rien faire d'autre que de lui parler, même si je savais qu'elle ne m'entendrait pas.

— Je ne veux pas croire que tu ne reviendras pas. Tu ne peux pas être partie pour toujours, ça ne se peut pas, pas toi. J'aimerais tellement te dire : « Viens, on s'en retourne chez nous. Je suis heureux. On a fait une belle petite fille. Un bébé prématuré, ce n'est pas grave, ça arrive. À l'hôpital, ils vont bien s'en occuper. Tu vas revenir avec moi, chez nous. » Tu dors, là. Tu es fatiguée, c'est tout…

Dans notre appartement, l'esprit de Sophie est aussi étendu, les yeux fermés. Je dépose un baiser sur ses lèvres. Ses paupières se soulèvent.

— Jules… je dois partir.

— Je sais…

— Je t'aime.

— Moi aussi, je t'aime.

— Prends soin de notre fille. Continue de peindre.

— Vas-tu revenir… pour me dire de quelle couleur est la lumière ?

Sophie m'embrasse.

Puis elle s'envole.

Quelque part, là-haut.

Je t'aime, gros comme le ciel.

Épilogue

Environ un mois plus tard, je suis rentré à la maison avec ma fille, Émilie. J'avais vingt ans. J'étais seul pour élever cette enfant qui était passée bien près de ne pas sourire à la vie. À l'hôpital, ils s'en sont bien occupés pendant que je remontais la pente. Je suis tout de même allé la voir chaque jour, durant des heures, planté derrière la vitre de la pouponnière. Chaque fois que je la regardais dormir dans son incubateur, je sentais la Mort s'éloigner de plus en plus, jusqu'à ce qu'elle ne soit plus qu'un mauvais souvenir. Je suis content de ne pas lui avoir cédé.

Les infirmières m'ont appris comment donner le biberon. Je ne sais pas si c'est vrai que les bébés reconnaissent la voix du père quand ils grandissent dans le ventre de leur maman, mais Émilie ouvrait grand les yeux quand je lui chantais des chansons tandis qu'elle buvait. On m'a dit que les nouveau-nés ne voient pas très bien. Je n'en croyais rien. Sinon, pourquoi m'aurait-elle souri chaque fois que je la tenais dans mes bras ?

Émilie ne manque de rien, et surtout pas d'amour. Où que j'aille, je la trimballe tout le temps avec moi. Partout où elle va, cette enfant est cajolée, entourée. Mes parents m'aident beaucoup et les parents de Sophie ne se privent pas de la gâter. Elle est tout ce qui leur reste de leur fille.

Peut-on trop aimer un enfant ? Je ne sais pas. Émilie réclame tellement d'attention. Parfois, j'ai l'impression que je n'arriverai jamais à la combler. Être à la fois le père et la mère, ce n'est pas toujours évident.

Mon deuil de Sophie ne s'est pas fait en une seule journée. J'ai passé bien des soirées à me mordre les joues pour ne pas pleurer en berçant notre fille. Elle lui ressemble telle-ment... Le même sourire qui me chavirait tant. Quand elle tétait son biberon, elle me fixait de ses grands yeux. Dans son regard, je cherchais celui de sa mère. J'avais parfois le sentiment d'une présence au-dessus de nous quand je lui chantais les poèmes de sa maman.

Je lui inventais aussi des chansons sans queue ni tête, quand elle souffrait de coliques, en lui bougeant les pieds pour tenter de chasser sa douleur. « Un p'tit pied qui pue, deux p'tits pieds qui puent, à Émilie ! » « Moi, je connais un bébé qui applaudit avec ses pieds ! » Encore aujourd'hui, quand je la change de couche et que je lui tiens les jambes dans les airs, je l'appelle mon petit poulet. Ça la fait rire.

Je me demande ce que l'avenir nous réserve…

Bientôt, elle ira à la garderie et elle rapportera sans doute son lot de maladies à la maison. Les rhumes qui n'en finissent plus et qui inquiètent les papas, même si ce n'est pas grave. Les otites qui réveillent les petites filles la nuit et les font hurler de douleur. Je m'imagine passer des heures chez le médecin en la consolant.

Puis viendra l'école, et les amis qui prendront probablement de plus en plus de place dans sa vie. Papa se sentira peut-être délaissé, mais il apprendra, j'espère, à laisser aller. C'est la vie. Ensuite, ce sera l'adolescence, période si redoutée, qui entraîne parfois sa large part de confrontations. Ma fille deviendra une jeune femme, avec ses idées à elle. Je ne sais pas si je ferai comme dans les films, passer des soirées à l'attendre, sans fermer l'œil, dans mon lit, pour enfin me rendormir lorsqu'elle rentrera, trop tard. Avec l'adolescence que j'ai moi-même connue, je ne vois pas comment je pourrai la gronder ou lui limiter sa liberté. Ça ne m'empêchera pas de m'inquiéter, je suppose…

Plus tard, Émilie quittera la maison. Elle ira vivre en appartement. Elle trouvera peut-être que son père l'appelle trop souvent… Mais pour le moment, elle est encore toute petite. Elle a besoin de moi autant que j'ai besoin d'elle.

Aujourd'hui, c'est son anniversaire. Le hasard a voulu que ce soit le même jour que celui de Sophie. Émilie a un an et est presque une grande fille. Elle a fait ses premiers pas, soutenue par la poubelle de la cuisine qu'elle faisait glisser, avançant fièrement, poussant des petits cris de victoire à chaque pas. Ma fille découvre le monde…

Émilie, si jamais tu rencontres une vieille femme vêtue de noir et portant des talons aiguilles, ris-lui au nez. Tu as toute la vie devant toi.

Bonne fête, Émilie.

Bonne fête, Sophie.

Remerciements

Merci à mes lectrices, Gil-France Leduc, Anne Gilbert et Caroline Jodoin. Vos encouragements me sont précieux.

Merci à Anne-Marie Villeneuve pour sa confiance.

Merci à Marie-Josée Lacharité pour son soutien et ses commentaires judicieux.

Enfin, merci à tous ceux qui m'ont écrit au fil des années, après avoir lu seulement des extraits de ma pièce, et qui me demandaient où ils pouvaient se procurer le texte complet. Ce roman existe beaucoup grâce à vous.

Fiches d'exploitation pédagogique

Vous pouvez vous les procurer sur notre site Internet
à la section jeunesse / matériel pédagogique.

www.quebec-amerique.com

GARANT DES FORÊTS
INTACTES

L'impression de cet ouvrage a permis de
sauvegarder l'équivalent de 11 arbres de 15 à
20 cm de diamètre et de 12 m de hauteur.